こいつに食われます
EPISODE.1
一章　ドラゴンに食べられてみた
死にたがりのシャノン
SHANNON CRAVES FOR MORTALITY

episode
二章　オーバードーズ
これ猛毒です

episode.3
三章　迷宮のトラップって死ねる？
※誰も帰ってきたことないです

"SHANNON CRAVES FOR MORTALITY"
CONTENTS

目次

003 プロローグ
012 一章 ドラゴンに食べられてみた
086 二章 オーバードーズ
148 三章 迷宮のトラップって死ねる？
196 四章 新米魔法使いと一緒に捕まってみる
230 五章 不老不死
264 エピローグ
267 あとがき

口絵・本文イラスト　ファルまろ
口絵・本文デザイン　杉山絵

死にたがりのシャノン

ドラゴンに食べられてみた

五月 蒼

角川スニーカー文庫

23527

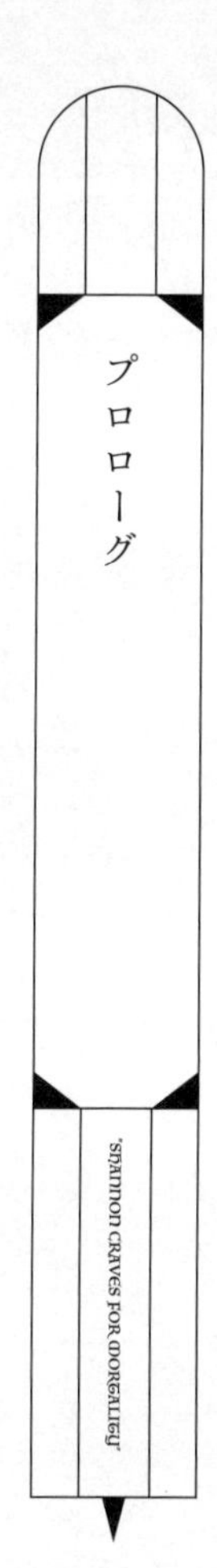

足場の悪い山道を、十二、三歳と思しき少年が額から汗を流しながら歩いていた。

「暑いなあ……」

少年――カイルはぺったりと額に張り付いた髪が鬱陶しく、汗を拭くついでに横に払う。

もう季節はすっかり夏だ。

背中の大きな籠に身体を揺らされながら、せっせと足を動かす。

山菜採りはカイルの仕事となっていた。力仕事はまだ任せてもらえないが、最近では一人で山に行くことを許可されるようになった。

暑いなどと言ってはいられないのだが、それでも喉は渇く。しっかり水分を補給しないと倒れてしまう。

「水……」

持ってきていた水筒を逆さにして振ってみるがついさっき飲み干してしまったばっかりで、ほんの少しの水滴が垂れてくるだけだった。

カイルは渋い顔をすると、左の方に視線をやる。

確かここを少し降りたところに川が流れていたはず。そこまで降りれば、冷たくて美味しい水にありつける。

右側に高くそびえる崖の向こう側から、まだ高い位置にある太陽の光が照り付ける。

それにしても今日はやけに暑い。

そんなことを考えながら、空を見上げ、目を細めて太陽を見る。

「……ん？」

すると、崖の上から黒い点が、ひゅーっと落下してくるのが目に入る。

「落石かな……？」

そう思ったのも束の間、それが人だとわかるのにそう時間はかからなかった。

徐々に大きくなるその黒い点は、次第に人の形へと変わっていく。

「えっ、えっ⁉　まさかあれ……人⁉」

自殺——そんな嫌な予感が頭をよぎる。

しかし、今はそんなことを考えている場合じゃない。何とか助けないと。

そう思い、何かできないかとその場で右往左往するが、今更どうすることもできない。

そうこうしているうちに、その人のスピードは一切落ちることなく、地面へ一直線に落下してくる。

そして——。

「危ないよおぉぉぉ！　避けてぇえ！」

「⁉　う、うわぁ⁉」

ドンッ‼　と激しく鈍い音がして、その人は地面へと叩きつけられる。

砂埃が舞い、その砂煙の向こうから、その人が地面にバウンドしてそのまま川の方へ跳ねていくのが見える。

あまりの驚きに、腰を抜かすように尻もちをつく。

「い、今……警告してくれた……？」

だが、落下中の人間が下にいる人を心配して声を出せるとは思えない。もしかすると、幻聴だったのかもしれない。

舞い上がった砂埃が晴れ、あの人が落ちたあたりに残された血痕を見て、血の気が引いていく。

本当に落ちてきたんだ、と。

数秒間面食らった後、自分のすべきことを思い出す。

「た、助けないと……！」

あんな高さから落下して無事でいられる訳がない。しかし、何もしないということはできなかった。

無意味かもしれないが、わずかでも助けられる可能性があるのなら何かすべきだ。

急いであの人がいるであろう川の方へと走り出す。

はあはあと息を切らしながら川沿いへと滑り降りる。滴る汗をぬぐい、懸命に走る。

下には川が流れ、周辺の気温は低いようで涼しい。

「こ、この辺りにバウンドしていったような……」

きょろきょろと周囲を見回し、少しでも違和感がないかを探す。

すると、少し先に人が倒れているのが目に入る。

「あの人かも……！」

急いで駆け寄ると、そこに横向きに倒れていたのは、金髪の少女だった。

黒いコートのようなものは破け、隙間から白い肌がチラリと見える。傍(そば)には大きな鞄(かばん)が転がり、中に入っていたものが周囲に散乱していた。

その惨状が、落下の衝撃を物語っていた。

「………」

カイルは絶句し、息を呑(の)む。

それはそうだ、わかっていたことだ。あんな高さから落ち、そしてボールみたいに地面でバウンドしたら、そりゃいくら頑丈な身体だとしても無事で済む訳がない。

地面には血だまりができており、少女はぴくりとも動かない。この出血量で、生きているはずがない。

しかし、不自然なところもあった。

ショートパンツを穿いているのだが、そこから伸びる白くすらっとした脚には、傷らしい傷が見当たらないのだ。地面に転がったことによる砂埃はわかるが、出血の元は確認できない。コートのおかげで下半身は無傷だったのだろうか。

だが、他もよく見てみると、出血元が確認できない。不思議に思い、前に回り込み、その身体をじーっと観察してみる。

脚、腕、胸元……汚れてはいるものの、傷は一つもない。

なんだろうこれは。違和感がぬぐえない。

そして、どうしていいかわからず、神妙な顔でその少女の顔をじっと見つめていた――と、その瞬間。

パチッと目が開き、翡翠色の目が輝く。そして。

「あーもう!!」

「うわぁ!?」

その少女が、勢いよく立ち上がったのだ。

カイルはびっくりして間抜けな声を上げると、思い切り後ろに倒れ込み尻もちをつく。

自分の目の前で一体何が起こったのか、全く信じられなかった。

確かにさっきまで、その少女は死んでいたはずだった。

いや、正確に脈など取った訳ではないが、少なくともこんなに元気に動けるような状態ではなかった。それは地面に落ちた大量の血が物語っている。それなのに。

カイルは呆然としながら、立ち上がった少女を恐怖の滲む顔で見上げる。

そこでやっとはっきりと少女の顔を見て、ハッと息を呑む。

金髪のミディアムヘアに、翡翠色の綺麗な瞳。真っ白な肌とピンクの唇。

村で見たことのないほどの美少女だった。

カイルは二つの意味で呆気にとられ、口を開いたまま少女を見つめていた。

そんな驚愕しているカイルなど気にもせず、少女はくしゃくしゃと頭を掻き、頬を膨らませる。

「はあ、また駄目だったかあ……。あのお爺さん嘘ついたなあ？　全然普通の崖じゃん」

少女はふてくされた様子で小石を蹴り、パンパンとお尻の砂埃を払う。

「まあ、あの高さじゃどのみち期待値はそこまで高くなかったけどさあ……」

そう言って、少女は腰に手を当てると悔しそうにため息を漏らし、ブンブンと頭を振る。

その声と動きは健康そのものだ。

「えっと……」

「ん？　あれ？」

カイルの困惑の声に反応し、少女は倒れているカイルの存在にやっと気が付くと、首を

かしげる。

「君、誰？」

「いや、あの……」

それはこっちのセリフだ、という言葉が喉で詰まっていると、少女は地面にしゃがみ込み、顔を覗き込んでくる。

「えーっと、ありゃ、巻き込んじゃった？」

そう言って、少女はぺたぺたと顔や腕、お腹なんかを触ってくる。

なんだかくすぐったくて目をじっと瞑っていると、その目もグンと指で開けられ、ジーッと見られる。

「何ともない……っと。じゃあ、助けに来てくれたのかな？　ありがとね」

「それは、その……はい、まあ」

「はは、勇敢だねえ」

そう言って、少女はカイルの頭をワシワシとしてくる。

「な、なんであんな上から落ちてきた……んですか？」

「あぁ、怖がらせちゃった？　ごめんね、ちょっとした好奇心みたいなものでさ」

「こ、好奇心……？」

ポカンとした顔で聞き返すその言葉に、少女はうんと頷き返す。

「いろいろあってさ。──あ、そうだ。君ってこの辺りの子？」

不意の質問に、カイルは意図もわからず反射的に頷く。

すると、少女はパアッと顔を明るくして、ガシッとカイルの両手を掴む。

「丁度よかった！　あのさ、今夜泊まれるところ探してたんだけど……家に泊めてもらってもいいかな？」

「へ……？」

お願い、と手を合わせてこちらを上目遣い気味に見る少女を唖然と見つめ返しながら、カイルは今自分が置かれている状況を何一つ理解できないでいた。

ただ機械的に、気付けば首を縦に振っていた。

一章　ドラゴンに食べられてみた

SHANNON CRAVES FOR MORTALITY

「いやー、カイルありがとね」

崖から落下してきた少女――シャノンはニコッと笑みを浮かべ、感謝を述べる。

「ううん。全然いいよ、別に」

シャノンを家に泊めるため、二人はカイルの住む村に向かっていた。

不思議な縁だ。まさか崖から落ちてきた人を村に案内することになるなんて。

そもそも人の往来が滅多にない村だ、村の外の人というだけで大盛り上がりになるのに、落下してきたただなんてそれこそびっくり仰天だ。もしかして、村の外だと普通のことだったりするのだろうか。

だが、理由はともあれずっと村で暮らしてきたカイルにとって、シャノンはまさに外の世界の不思議な人だ。興味が湧くのは当然のことだった。

「さすがにあのままシャノンさんを放っておけないからさ」

「カイル、やっさし～！」

そう言いながら、シャノンはワシワシとカイルの頭を撫でる。

「それや、やめてよ！」

満更でもないが、何となく恥ずかしくてその手を払いのける。

「恥ずかしがっちゃって」

「ち、違うよ！」

否定するその顔を見て、シャノンは満足げに笑みを浮かべる。

からかわれているということを直感的に感じ取り、一旦ゴホンと咳払いしてリセットする。

「そ、それよりさ、シャノンさんって一体何者なの？」

聞きたいことは沢山あった。そもそも、なんで崖の上から落ちたのか。それに、何でそんなにピンピンしているのか。とにかくシャノンは不思議の塊だった。

「私は旅の魔法使いだよ」

「ま、魔法使い⁉」

シャノンは頷く。

「凄い、魔法使いって本当にいるんだ！」

身体の内側から、好奇心が一気に湧き上がる。

「えー何それ。そりゃいるよ。ほらこの通り」

そう言って、シャノンはローブを摑んで、くるっと回ってみせる。

　確かに、最初は黒いコートだと思っていたが、よく見るとこれはローブだ。魔法使いの着る上着。

「カイルは魔法使いに会うのは初めてなの？」

「うん！　村に魔法使いなんていないよ。手品師のおじさんならいるけどさ」

「それはそれで興味がそそるな」

「いや、そんないいものじゃないよ、前に口から鳩(はと)を出すって言って、出てきたのは前の晩の夕食……」

「それはまた……」

「と、とにかく魔法使いに会うのは初めてなんだ！　凄いなあ」

　今の時代、魔法使いの数は昔に比べて極端に数が減っていた。

　もちろん、街まで出れば今でもお目にかかることは出来るが、少なくともカイルの村では魔法使いは殆(ほとん)ど物語の中にだけ出てくる空想上の存在に近かった。

「それに、旅もしてるんだ」

「うん、世界中をプラプラとね」

「へえ……。でも、珍しいねこんな山奥に。僕の村には人なんて殆ど来ないのに」

「そうなの？」

「うん。外に出る人も滅多にいないしね。別に村を出ちゃ駄目みたいな掟(おきて)がある訳じゃないんだけどさ。何となく、みんなあの土地から離れられないんだよね」

大昔のご先祖が開拓した山の中の村。みんなあの土地が大好きで、離れようとしない。

もちろん、外に出ていく人も中にはいるが、出ていった人が戻ってきたためしはない。

お爺さんやお婆さんの世代は特に土地への愛着が顕著で、敢えて外を知らずに質実剛健に過ごすことを美徳としている節がある。まあ、それで十分に楽しい暮らしを送れるのだから、確かに余計な問題を持ち込まないという意味では正解なのかもしれない。

それでも、新しい風の吹かないあの土地はいつもどこかかび臭い。

「確かにここら辺って丁度空白地帯にあるもんね。近くの街まで五日はかかるし、山を降りるのも結構一苦労だよね」

「そうなんだよね。だから行商人の人たちも滅多に来ないんだ。いろいろ珍しいものを持ってきてくれるから楽しみなんだけど」

「なるほどねえ、情報や娯楽に飢えてる訳か」

納得した様子で、シャノンはうんうんと頷く。

「前にこの辺りに来た時は村なんてなかった気がするけど、いつ頃できたんだろ？」

「え？」

シャノンの発言に、思わず声が出る。冗談だろうかと、眉をひそめる。

「シャノンさんが言ってるのっていつ頃の話？　僕の村は少なくとも二百年前にはあった

と思うけど……」

　すると、シャノンはキョトンとした顔で首をかしげる。

「あれ、そうなの？　そんな前だっけ。二百年以上前か……じゃあ私が見つけられなかっただけかな」

「ふふ、きっとそうだよ。さすがに二百年も前にここに来たなんて有り得ないでしょ」

　思わず笑いが漏れる。

　シャノンは結構ユーモアにあふれた女の子なのかもしれない。きっと旅で得た、場を和ますスキルなのだろう。

「まあでも、この辺りは結構入り組んでるからね。山も広いし、峡谷を抜けなきゃいけない。僕でも道を知らなかったら迷子になっちゃうよ。見つけられなくても不思議じゃないね」

「確かに結構歩いたなあ。脚パンパンになってきた」

　と、シャノンはふくらはぎを揉み揉みとほぐし、お風呂入りたいなあと愚痴を零す。

「ははは、女の子には山道は大変そうだね。魔法で飛ぶとかできないの？」

「残念、飛行魔法は専門外。あれって結構特殊な魔法でさ、そりゃ軽く浮くくらいは……って、凄い目がキラキラしてるね」

「だって魔法なんて初めてだし！　ワクワクするっていうか。……じゃあさ、シャノンさんってどんな魔法を――って、ちょ、ちょっと⁉」

話しながら振り返ると、シャノンが木の根元に生えていたキノコを拾い上げているのが目に入り、慌てて声を張り上げる。

まだら模様の水色のキノコ。

「シャノンさんストップ‼　それ危ないよ！」

「ん、これ？」

シャノンは手に持ったキノコを指さす。

「それ、バグダケって言って毒キノコなんだよ！　よく似たホロダケっていうのがすごい美味しいんだけど、バグダケは最悪死んじゃうから！」

「へえ！　詳しいね。カイルはキノコ博士？」

慌てているカイルとは対照的に、シャノンは冷静に感想を述べる。

そういうところは旅慣れしているのかもしれない。

「博士ってほどじゃないけど、まあそれなりにね。僕、お父さんから言われて結構山菜とか薬草を沢山採取してるからさ、そういうのに結構詳しいんだ」

へへっと自然と声が漏れる。

知識を披露できる相手なんて村にはいないから、旅人であるシャノンに対して初めて知識を披露できて思わず嬉しさが込み上げる。

「だからさ、それは捨てた方がいいよ。間違って食べちゃうと危ないし。うちに帰ったら美味しいキノコあるからさ」

「でも、もう一口食べちゃった」

「うん、だから――って、えぇ⁉　食べちゃったの⁉」

カイルは慌ててシャノンのもとに駆け寄ると、シャノンの手にあるバグダケを見る。

確かに、一口齧った形跡がある。

シャノンの顔を見ると、口が少しモグモグしている。

「や、やばいよ！　すぐ吐き出さないと！」

しかし、それでもシャノンは慌てる様子がない。

そして、そのままごくりと喉の奥に流し込まれたのがわかる。

やってしまった。シャノンさんが死んでしまう。

「あぁあぁ！　や、やばいどうしよう……！　こういう時の対処はえっと……！」

「んん……けど、結構美味しかったし、何ともないよ？」

「そ、そんな訳ないよ！　あのキノコは本当に毒性が強くて……」

と言いながら、不安げにシャノンの様子を観察する。

しかし、確かにシャノンはケロッとした顔をしていた。しばらく様子を見ても、一向にシャノンの容態は変化しない。通常ならすぐに痺れが出て、その後嘔吐や呼吸困難に陥るのだが。

「あれ……なんで……？　痺れとかない……？」

「全然大丈夫だよ。ほら、ピンピンしてるでしょ？」

シャノンはえへんと胸を張り、ポンとその胸を叩く。

「あ、あれ……？　おかしいな……」

困惑し、もう一度キノコに視線を移す。

確かに見分けづらいが、この模様は間違いなくバグダケのはずだ。

しかし、食べても大丈夫だったことは目の前のシャノンが証明していた。

「なんでだろう……」

「ふふ、このキノコはハズレだったみたいだね」

シャノンはニコリと笑みを浮かべる。

「おかしいなあ……」

一方のカイルは眉を八の字にして、頭の上にはてなを浮かべる。

「キノコは特に注意して全部覚えたと思ったのに……間違っちゃったのかな……」

悲しそうに俯くカイルの背中を、シャノンがポンポンと叩く。

「まあまあ、たまにはそういうこともあるよ。気にしない気にしない」

「う、うん……そうだね。ありがと」

納得がいかないが、シャノンが無事だったことには変わりがない。

「さ、そんなことより村だよ村！　楽しみだなあ！　どんなところだろ」

「そ、そうだね。無事だったんだし……まあいっか」

気を取り直し、カイルはシャノンを連れ、村に向かってまた歩き出した。

  ◇

日は既に西に傾きつつあった。

山の中にある、小さな村。まだ村の中心は見えないが、均(なら)された道が真っすぐに延びている。

その道の途中に、木造建築の一軒家が見えてくる。

「おっ、あれがカイルのおうち？」

「そうだよ」

「わあ、いいおうちだね！」

「へへ、ありがと。しばらくゆっくりしていってよ！　旅の話とか聞きたいな」

「もちろんだよ。お言葉に甘えて、少しの間お世話になるね」

「やった！　さ、入って！」

家にシャノンを招き入れると、カイルの父と母がシャノンを出迎える。事情を説明すると、シャノンの滞在を快諾してくれた。久しぶりの客人に二人とも嬉しそうにしている。

シャノンはかなり礼儀正しい女の子で、泊めてもらうんだからと率先して家事の手伝いを買って出てくれた。それもあって、三人はあっという間に打ち解けた。

「へえ、魔法使いなのかい、君は」

父は椅子に座り、台所に立つシャノンを物珍しそうに見ながら、眉を上げる。

「そうですよ、ほら」

そう言い、シャノンは杖（つえ）を振る。

すると、水の中に沈んだ食器がごしごしと洗われたり、まな板に載せられた野菜がスパスパっと切れたり、自動的に家事が行われていく。

その光景に、カイルは目を輝かせる。

「す、凄（すご）い！」

「ふふん、凄いでしょ。私って魔法は結構得意なんだ」

「本当に魔法使いだったんだね！」

「えー、カイル疑ってたの？」

シャノンは目を細め、じーっとカイルを見る。

「え、いや！　そういう訳じゃなくて……見たことなかったから……」

「冗談冗談。凄いでしょ」

「うん！」

続いて、シャノンの隣に立つ母が言う。

「それにしても、魔法使いなんて久々に会うわねえ。こんな辺鄙な村には魔法使いなんて滅多に来てくれないから。最後に見たのはいつだったかしら」

母は過去を思い出すようにうーんと空を見つめる。

「あれじゃないか？　カイルが生まれるよりもっと前だから……もう二十年近く前か」

「あぁ、そういえば魔法使いの見習いだっていう三人組の子が来たことがあったわね。あの子たちは殆ど魔法が使えなかったけど……」

「最近は本当に数が減っちゃいましたよね。まだ街の方に行けば何人かは見かけますけど、昔ほどじゃないですね。それはちょっと寂しいかなあ」

かつては生活の一部として使われていた魔法も、魔法使いの減少に伴い次第に生活の中から失われ、今では魔法は珍しいものとなった。

なんとかその技術を失わないようにと、いつからか魔法学校なんてものも作られたが、その減少は止められそうになかった。

魔法使いは滅びゆく運命。きっと、いつか魔法は途絶えてしまうのだろう。

「魔法使いも大変ねえ。けど、あの子たちに比べるとシャノンちゃんはかなり魔法がお上手みたいね」

「ありがとうございます！　嬉しいな」

「あ、もしかして、シャノンさんあのバグダケも魔法でなんとかしたの？」

思い出したのは、あの道中での出来事。

バグダケを見間違うなんてカイルには考えられなかった。

「バグダケがどうかしたのか？」

父が眉をひそめる。

「あのね、ここに来る時にシャノンさんが間違えてバグダケを食べちゃったんだけど、見ての通りピンピンしてるんだ。だから、もしかして魔法で毒を抜いたのかなって」

するとシャノンが笑う。

「違うよ。普通に食べただけだよ？」

「いやいや、嘘だよ！　だって、あれは絶対にバグダケだったし……！　僕が間違えるなんて……」

すると、カイルの父が呆れた様子でため息をつく。

「カイルもまだまだってことだろう。ホロダケと見間違えたんじゃないか？」

「ち、違うよお父さん！　そんな初歩的な……そんなことないと思うんだけどなあ……」

カイルはしょぼんとした顔で俯く。

「あまり自分の知識を過信しすぎるんじゃないぞ、カイル」

「で、でも……」

「シャノンさんはお前よりも沢山外の世界のことを知っているんだ。それに魔法使いは膨大な知識を持つと言う。確かにお前の知識だけならバグダケだったのかもしれないが、なんにでも例外はある。そういったものは図鑑だけでなく実際に見ないとわからない。そういった意味では、シャノンさんの方が博識でもおかしくない」

「それは……」

「せっかくだ、今回のことを機にシャノンさんからいろいろ学ぶといい。魔法使いの知識を見て学べるなんてそうそうないぞ」

言いながら、カイルの父はカイルの頭を撫(な)でる。

「お前はまだまだ未熟者だ。精進して立派になってこの村に貢献してくれ」

「はあい……」

キノコの知識に関しては相当な自信があった。しかし、今回のことを機にすっかり自信をなくしてしまった。

さすがに申し訳なく思ったのか、シャノンが眉を八の字にして囁(ささや)く。

「ごめんね、カイル。なんか悪いことしちゃって」

「い、いやシャノンさんはいいんだよ。僕がもっと勉強しなきゃだから……」

「それはそうなんだけど……」

シャノンは何か言い出しづらいように、少し気まずそうに頬を掻く。

「ふふ、まあ話はそれくらいにして。ごはんができましたよ。みんなで食べましょう」

木の机に四人で座り、夕食を囲む。

シャノンは並んだ料理を見ながら両手を顔の横で合わせ、お～っ！　と声を上げる。

「美味しそう！」

「母さん今日は一段と張り切ったな」

「ふふ、外の人に料理を振る舞えるなんてそうそうない機会だもの。腕によりをかけたわ」

母は楽しそうに笑う。

「だからシャノンちゃん、遠慮しないで食べてね。そしてぜひ率直な感想を聞かせてちょうだい！」

「もちろんです！　ではでは……」

シャノンは机に並べられた料理をぐるっと見回し、手始めに野菜のスープを手に取る。

そしてスプーンで掬うと口へと運ぶ。

「……んん！　美味しい！」

シャノンはスプーンを口から出すや否や、目を輝かせる。

「あら、本当？」

「はい！　薄味で食べやすい！　それに野菜が凄く美味しいですね」

「この辺りは土が良いみたいで、野菜が凄く美味しいのよ。たまに来る行商人も野菜を結構買っていくわ」

「へぇ～！　この村の名産なんですね」

そう言って、シャノンはさらにスープを口に運ぶ。

美味しそうに食べるシャノンを見ながら、何だか自分事のように誇らしげにカイルも夕食を口にする。

うん、いつも通りの味。だけど、いつも美味しいと思っていた食事を他の人にも美味しいと言ってもらえるとやっぱり嬉しいものだ。

「でも良かったわ、お口に合ったみたいで」

もちろんですよ！　とシャノンはホクホク顔で頷く。

続けて、シャノンは肉の方に手を伸ばす。

「お、こっちのお肉も酸味が効いてて美味しい～！　毎日でも食べたいですよ」

「嬉しいこと言ってくれるわね、どんどん食べて！」

「はい！　ここ数日ずっとご飯は外で獲ったもので凌いでいたんで……やっぱり家の中でみんなで食べるご飯は格別ですね」

そうしみじみと呟く。

「あれ、もしかして、シャノンさんって野宿とかしてたの？」

「ん、そうだよ。前の街出てからしばらくは野宿が続いたからね」

「うわあ、大変だったね」

外で生活するなんてあまり想像ができない。

お母さんの作る料理がないなんて、どうやって食事をしたらいいのか。

「それが旅だからね。けど、自然の中で生活するのも楽しいよ」

心の底からそう思っているのが、シャノンの顔からわかる。

「街って、どこから来たのかしら？」

「ウェステリアです。オーウッドを目指して東に進んでたんですよ」

ウェステリアは、ここから西に行ったところにある大きな街だ。

ここから東にあるオーウッドに行くにはこの山を通らなければいけないから、ウェステリアからの旅人が時折この村を訪れる。見つけられたらの話だけれど。

「ウェステリアと言えばワインが有名だったかしら。行商人がたまに仕入れてきてくれる時はすぐに売り切れるわ」

するとと父が、あぁ！　と声を上げる。

「あれ美味しいんだよなあ。そうかウェステリアから。遠いところ大変だっただろう？」

「いえいえ、全然平気ですよ。これくらいの距離は慣れてますから」

「たくましいわね。女の子の一人旅は危ないけど、シャノンさんなら大丈夫そうね。凄いしっかりしているし」

「もちろん！　私、護身術も心得てますから、そこら辺の男性より全然強いですよ」

シャノンはぐっと力こぶを作ってみせる。

意外にも引き締まった筋肉が露(あらわ)になる。女性が一人で旅を続けるにはそれなりの肉体が必要なのだろう。

話を聞いていると旅への憧れはより強まっていく。

ずっとこの村で生きていくものだと思っていたが、外には魔法使いがいて、この村よりもっと広い世界が広がっている。きっと今より面白いものが沢山転がっているのだろう。

「旅かあ。いいなあ」

ポツリと思わず言葉が口を出る。

それを聞いて、シャノンは穏やかな表情で言う。

「旅は楽しいよ」

「シャノンさんって歳(とし)も僕よりちょっと上くらいでしょ？　それなのに凄いなあ」

すると、シャノンはきょとんと一瞬固まり、少ししてクスクスと笑いだす。

「あ、あれ？」

「あはは、ごめんごめん、ちょっとおかしくて」

「？」

何に笑ったのかわからず、頭にはてなが浮かぶ。

「ちょっと……そうだね、ちょっとだね。私の方が年上だもんね」

「だ、だよね？　僕何か変なこと言ったかと」

するとシャノンはブンブンと手を左右に振る。

「何でもないの。気にしないで」

「そう？」

うんうんと、シャノンは首を何度も振って肯定する。

まあシャノンは不思議な人だし、いちいち気にしていてもしかたない。

「それでさ、旅でどんなことしてるの？　魔法使いだから、魔法の修業とか？」

興味が尽きず、次から次へと質問が湧いて出る。

それに嫌な顔せず、シャノンはうーんと考えて答える。

「魔法の修業とはまたちょっと違うかな。こう見えて私、魔法には結構自信があるからさ」

「へえ、シャノンさんってもしかして有名な魔法使い？」

「いやあ、それはどうかなあ。もう、私のこと知ってる人もあまりいないかもね」

「？　ふーん、そうなんだ。じゃさ、どうして旅してるの？」

「そうだねえ、旅の目的は……まあ自分探し、みたいなものかな？　必ずやりたいことがあってさ。それを成し遂げるために、その道中いろんな場所に行って、いろんな人に出会って、いろんなことを楽しもうって訳」

「へえ、目的のために旅か……いいね！」

カイルは目を輝かせる。

何かを求めて旅をする。それは正にロマンだ。この狭い村で育ったカイルにとって、外の世界を自由に旅して回るシャノンは輝いて見えた。

それから四人は談笑しながら夕食を続ける。

穏やかな時間が流れ、夕食も食べ終わろうとした頃、母がそういえばと切り出す。

「シャノンさん大丈夫だったのかしら。怪我とかないの？　薬とかならいくらかはあるけど」

「何がです？」

シャノンは首をかしげる。

「ほら、川沿いで倒れていたんでしょ？　怪我とかないのかしらと思って」

そうだ、そういえばそうだった。シャノンが特異すぎて、すっかり忘れていた。

「ああ！　全然大丈夫ですよ。少し横になっていただけですし」

「そうなの？　ならいいけど。あの辺りは幽霊が出るって有名でしょ？　崖下に引きずりこまれるとか何とか……怖いわよね」

　母はぶるっと身を震わせる。

　シャノンはその言葉に、目をキラキラさせて身を乗り出す。

「そう、そうなんですよ！　私も山の麓で出会ったお爺さんに教えてもらいました。それで行ったんですけどね……とんだほら話でしたよ」

　シャノンはがっかりした様子でため息を漏らす。

　母さんは、呆気にとられた表情を浮かべる。

「好奇心、凄いわね……」

「まあ、そこそこですよ」

「でも、気を付けた方がいいわよ、まだ若いんだし。女の子なんだから」

　いや、ちょっと待ってくれ、とカイルはあの時のことを思い出す。

　確かにシャノンは川岸で横になっていた。だが、それよりももっと気にするところがあったはずだ。そう、シャノンは確か、あの時——。

「待ってよ、シャノンさんはそもそも横になってたんじゃなくて落ちてきたんじゃん……！　僕の前にさ」

「え？」

　何を言ってるんだ？　と三つの視線が突き刺さる。

「何が言いたいんだ？」

「だから、シャノンさんに怪我が全くない訳ないよ！」

　確かにシャノンはあの崖の上から目の前に落ちてきたのだ。

　この目で見たんだから、間違う訳がない。

　しかし、父と母は顔を見合わせるとフフッと笑う。

「もうカイルったら。いくらシャノンさんが魔法使いだからって、あの高さから落ちたらただじゃすまないわよ。怪我どころじゃなくね」

　父も呆(あき)れた声で言う。

「そうだぞ、まったく。お前は何を言っているんだ。現実を見ろ」

「いや、でも……崖から落ちてきたよね⁉　シャノンさん」

「え、そんな訳ないよ」

「え、ええ⁉」

　急なシャノンの裏切りに、カイルは口をあんぐり開けて固まる。

「いや、だって……！」

「本当に何言ってるのかしらこの子は」

「毒キノコを食べたのはお前の方じゃないのか、カイル」

　両親は呆れたようにため息を漏らすと、ふんっと鼻で笑う。

「いや、でも……僕はこの目で見たんだよ！」

あれが夢な訳がない！　あの時、絶対にあの光景を目撃したのだ。

川沿いに、血の海の中で横たわる金髪の美少女を。あの残酷にも美しい光景を、忘れる訳がない。

しかし、シャノンは肩を竦める。

「カイル、あんな崖から落ちたらたとえ魔法使いでも普通は死んじゃうよ」

「シャノンさんがそれ言う⁉　そ、そりゃ普通はそうだけど……でも落ちてきたじゃん！ボールみたいにバウンドしてさあ」

カイルはボールが跳ねる様子を手を使って表現する。

「そうだっけ？」

「そうだよ！　普通じゃ有り得ない光景だけど……。あれ、僕がおかしいのか……」

フラフラと頭を抱えてしまう。

ここまで否定されると、本当に現実ではなかったことなのかと思ってきてしまう。

確かにあの時は喉がカラカラになるほど暑くて……。

あれは暑さで見た幻覚だったのだろうか。それとも、本当に毒キノコを……。

実際あの高さから落ちて平気な訳ないし、幻覚だった方がまだ納得できる。

すると、不毛な言い争いとみた母が、その話を切り上げるように口を開く。

「まあまあ。ほら、カイルもそう意地にならないの。いいじゃない、シャノンさんが元気でいてくれているんだからどちらでも。それ以上に大事なことはないでしょ？」

「そうだけどさあ……」

「だったら、シャノンさんをこれ以上困らせちゃ駄目よ。きっとカイルも疲れてるのよ。ここ最近頑張っていたからね。今日はゆっくり休みなさい」

母は慈愛に満ちた顔でそう告げる。

確かに疲れていたのかもしれない。だが。

「何か納得いかない……！」

そう憤慨し、やけくそで肉を頬張る。

そして、結局その話はうやむやになるのだった。

それから夜遅くまで、久しぶりの客人にカイルの家は会話が尽きなかった。

◇◇◇

村にシャノンが来てから三日が経った。

今日はシャノンの希望で、村の商店が並ぶ方へと向かっていた。どうやら、この村に何か他に面白いものがないか見に行きたいということだそうだ。

カイルは快くシャノンの提案を受け入れ、朝食を採るのも早々に家を出て、一緒に歩いていた。

この光景も大分見慣れたものとなっていた。

村では、すっかりシャノンは人気者だった。シャノンを知らない村人は既に少数派だ。

「うーん、今日も気持ち良い天気だね」

シャノンは言いながら、ググッと伸びをする。

本当にシャノンは自然体で、それが村人に受け入れられているようだ。

「そうだね。シャノンさんが来てずっと天気が良いから、晴れ女だったりして」

「晴れ女？　そんな訳ないよ。砂嵐に大雪、雷に竜巻……今まで旅の途中で散々な天気に巻き込まれてきたし」

「あー、そうだよね。いろんなところを旅するって想像つかないけど、きっと大変なんだろうな」

こんなまだ自分と歳の近い少女が、鞄(かばん)一つで旅をしている。その事実に、カイルは羨望の眼差しと、尊敬の念を抱く。今まで考えたこともなかった。この村を出て、一人で旅をする未来なんて。

「そんなことないよ。とにかく楽しいんだから！　この村も楽しいしね。みんないい人だし」

そう言って、シャノンはニコリと笑う。

するると、不意に子供たちの声が聞こえてくる。

「あ、魔法使いが来た！　今日も黒いローブ着てるぞ！」

「やれー！　倒せー！」

何やら血気盛んな声。

「おぉ？　また来たか」

シャノンはまだ少し甲高い子供たちの声を聞くと、ニヤリと悪そうな笑みを浮かべる。

そして、茂みの辺りをじーっと見つめる。釣られてカイルもそこを見てみると、茂みから小さな身体の一部や、武器がはみ出しているのが見える。

カイルは小声でシャノンに言う。

「村の子供たちだ」

「だね、元気だよねえ。いいことだ」

すると、子供たちが一斉に茂みから飛び出し、手に持った枝を剣や弓に見立ててシャノン目掛けて襲い掛かってくる。

それを見て、シャノンはバッと身を翻す。

「ふっふっふ、そんな攻撃効かないよ」

言いながらシャノンはローブを翻すと、杖(つえ)を抜き、ひょいひょいっと振る。

「わわっ……なんだ⁉」

「ぼ、僕の剣が！」

「またこれかー!!」

不意に子供たちの持っていた武器が手から離れ、フワッと浮かび上がり、空中でピタリと静止する。

こんな芸当ができるのは、シャノンの魔法だけだ。

シャノンはさらに杖をスッと動かすと、浮かび上がった武器たちがシャノンのもとへと集まってくる。

「うわー、相変わらず凄い魔法だね」

目の前で物が浮いている。その光景だけでも、シャノンが来るまでは見たことのない光景だ。

魔法というものがどれだけ自然の摂理に反しているかがよくわかる。

それに、シャノンのこの魔法。相手の攻撃手段を奪い取るとは、何とも慈悲のない魔法だ。

しかし、とんでもない光景が目の前で繰り広げられていることなど気にもせず（というかどれだけ凄いか多分わかっていない）、その魔法を見て子供たちは叫びながらも楽しそうに笑い、きゃっきゃと走り回る。

「ふふ、取り返せるかな〜？」

シャノンは悪戯(いたずら)っぽく悪い笑みを浮かべてみせる。

「ま、魔法使いめ！　みんな武器を取り返せ！」

「おー！」

子供たちは、小さい身体で必死に走り、逃げ回るシャノンを追う。

さすが一人旅をしているだけあり、シャノンの動きはとても身軽だ。

「――ほいカイル、パス！」

「えっ、ええ!?」

不意にカイル放り投げられた武器を、何とか落とさずにキャッチする。

すると、さっきまでシャノンを追いかけていた子供たちが、そのターゲットをカイルへと変える。

「カイル兄ちゃんだ！　こっちなら勝てるぞ！」

「え、ええ!?」

「やれー！」

子供たちが、一斉にカイルに襲い掛かる。

「う、うわあ！　シャノンさんどうしたら!?」

「あはは！　逃げろ逃げろ！　捕まっちゃうよ」

「いやいや、子供たち元気ありすぎだよ！」

「待てコラ！」

「怖い!!　何か狂暴化してる奴いない!?」

後ろから楽しそうに笑いながら追いかけてくる子供たち。一部は恐ろしい顔をしているが、その光景は、今まであまり見たことのないものだった。

それに、見ていると不思議とこっちまで楽しい気分が湧き上がってくる。

何だか楽しくなってきて、自然と笑みが零れる。

息を上げながら、必死に子供たちから逃げ回る。

「うわ、カイル兄ちゃん意外と足速い……！」

「逃げ足だけは一流だ……」

「くそー、魔法使いより弱いと思ったのに！」

しばらく走り回り、腕を組んで微笑ましそうにこちらを見ているシャノンに武器を渡す。

「はあ、はあ……はい……疲れた……」

「ふっふっふ、まだまだだね、少年たちよ」

「ず、ずるいぞ二人掛かりなんて！」

「これが魔法使いのやり方よ。悔しかったら取り返してみなさい」

シャノンは楽しそうに悪役を演じている。

「やっぱり強いよ、兄ちゃん……！」

「くそっ、明日こそは勝つ！　一時退散だ！」

そう言って、子供たちは逃げ出していく。

「うわあ、待ってよ！　兄ちゃん！」

取り残された弟も、慌ててみんなを追いかけていく。

「あ、おーい、これ要らないの！　持って帰りなよ」

そう言ってシャノンが取り上げた武器を掲げると、少年たちは警戒しながらも無言でじりじりと戻ってきて、素早く奪い取るとそのまま走り去っていった。

その様子を、シャノンは微笑ましそうに眺めている。

「相変わらずの人気だね、シャノンさん。あの子たち、結構悪ガキで有名だったのに」

「え、そうなの？　いい子たちだよ、元気が良くていいじゃん。子供なんてあんなものでしょ」

「まあ僕より二つくらい下なだけだけど……。結構この村で退屈してたのかもなあ。シャノンさんが来てからいつもより楽しそうだよ」

「へへ、それは良かった」

村を歩くだけで次から次へとシャノンのもとに人が寄ってくる。

ただでさえ旅人だというだけでも珍しいのに、シャノンはそれに加えて魔法使いなのだ。

娯楽に飢えている村人たちは、みんなシャノンのことが気になって仕方がないのだ。

「でも、最初来た時にあれだけ変な騒がれ方したのに、よく平気な感じだね」

シャノンがこの村に来た翌日。カイルの案内でシャノンは村を散策していた。

当然、外から来た珍しい魔法使いの話は村中にすぐに広まり、シャノンのもとに大勢の村人が押し寄せたのだ。

何でこの村に来たのか、魔法使いが何の用なのか、何で魔法使いになったのか、何故少女一人で旅をしているのかなどなどの大量の質問から、やれ魔法を使ってみてくれや、やれ魔法で仕事を手伝ってくれなど、とにかく騒がしかった。

殆どの村人が魔法使いなんて見たことがないし、こんな可愛い子が村に来ることもなく、老若男女が舞い上がっていたのだ。

それでかなり失礼なことをシャノンに対して行っていたのだが、当の本人はそんなこと微塵も気にする様子はなく、笑顔で対応し、面倒くさそうな話は軽く受け流していた。

そんなこともあり、シャノンは疲れて早々に村を出ていってしまうかもしれないと心配していたのだが、どうやらそれは杞憂だったようだ。

「あんまり気にならないからかなあ？　珍しいものに興味が湧くのは普通でしょ？」

「シャノンさんは大人だなあ」

「あの子たちもだけど、この村の人はみんないい人たちだよ。気さくに話しかけてきてくれるのって結構嬉しいし。場所とか時代によっては、よそ者！　とか、異教徒！　悪の魔法使い！　とかって罵倒されて心を開いてくれないことだってあるんだもん。それはそれで面白い体験ではあるけど、石を投げられるのに比べたら天国だよ」

「そ、そんな経験もあるんだ……」

思ったよりもヘビーな経験に、思わず顔をしかめる。

「石を投げられるなんて……そんなところ本当にあるの？」

思いもよらないシャノンの体験に、カイルは言葉を疑う。

こんな少女を排斥するような場所が外の世界にあるとは、なかなか信じられなかった。

しかし、シャノンは「それがあるんだよ」と、ずいっとカイルに顔を近づけ、じっと目を見て語りだす。

「この村では魔法使いは好意的に受け取られているけど、どこでも魔法使いが好意的に受け入れられる訳じゃないからね。教えだったり信条だったり、いろんな理由で受け入れてもらえないことなんて沢山あるよ。酷い時には投獄されたりするんだから！」

「投獄!?　そんな、魔法くらいで……」

「だよねー、酷いよね？」

さらっとただの一イベントのようにシャノンは語っているが、普通は人生に一回だって投獄される人の方が稀だろう。

「まあ、今の時代そんなことは滅多にないけどね」

なんだか急に、シャノンが凄く長い旅を続けてきた旅人のように見えた。

実際、歳は近いはずだから、それほど長い間ではないのだろうけど。

「シャノンさんっていろいろ経験してきたんだね。そりゃ村の人たちがお祭り騒ぎしてても平気な訳だ」

「その通り！　カイルも旅をしたらわかるよ。世の中には本当にいろんな人がいるんだから」

そう言い、シャノンは楽しそうに笑う。

カイルには想像できない世界だが、それでもシャノンがこの村で楽しそうにしてくれているのは事実のようで、釣られて笑った。

「――あ、着いたよ」

正面には木造の家屋が並び、中心には円形の広場が広がっている。

酒場や雑貨屋、出店なども多くあり、まだ朝だというのに、通りには多くの村人が歩いている、この村の中心地だ。

「何か面白そうなものあるかな」

「一応民芸品みたいなものはあるよ。あとはなんだろう、高価なものはそんなにないかな」

「いいね、ワクワクしてきた！　この村の思い出になるものとかあるといいなあ」

「思い出……そっか、シャノンはまた旅立っていっちゃうんだもんね」

既にこの村に来て三日だ。

シャノンは特に目的があってこの村に来た訳じゃない。いつまでいるのかを聞いてしまうとすぐ出ていってしまいそうで聞けなかった。

だが、きっともうすぐ出ていくんだろう。

「旅先でいろいろ買ったりしてるの？」

「そうだよ。後で見返すと面白いんだ。意外と役立ったりね」

「へえ。その割には荷物は鞄一つだったけど……」

「ああ、それはほら、私魔法使いだから」

その言葉に、カイルは首をかしげる。

するとと、シャノンがおもむろに空中に手を伸ばす。

「例えば――」

すると次の瞬間、不思議な光景を目の当たりにする。

「なっ……え、どうなってるの⁉」

何と、シャノンが伸ばした腕の肘から先が突如消えてしまったのだ。

「ふふ、よーく見てみな」

言われてその腕をじっと凝視する。すると、その消えた腕の辺りから、まるで水の上に広がる波紋のように揺れているのが目に入る。

「空間が……歪んでる……⁉」

「まあ、そんな感じ。ここに魔法空間が広がっていて、鞄に入らないような荷物はこっちに入れてるんだ」

「えっと……え？　それも魔法ってこと……？」

もはや想像の範疇を超えていた。

物を浮かせたり、風を起こしたりは何となくイメージできるが、魔法空間とは。

「そうそう。ここにいろんなもの収納してるから……まあ保管庫みたいな感じかな？」

「は、はあ……はは、凄いね魔法って」

もはや笑うしかないと、乾いた笑いが漏れる。

「えーっと、確かこの辺りに……」

シャノンはぺろりと舌を出し、まるで棚の後ろに入ってしまった硬貨を探しているかのように腕をごそごそと動かす。そして。

「あったあった！　ほら、これも結構レア物なんだよ」

その空間の歪みから引き抜いたシャノンの手には、一つのペンダントが握られていた。

それを手渡される。

大分古びた金属のペンダントだった。かつては金ぴかに輝いていたと思わせる風格があるが、今はくすんでいる。爪の先ほどの大きさだが、高価なものだとわかる。

「結構前に南の方の王国で貰ったものでさ。まあこういうものが沢山この空間に保管されてるって訳」

「凄い……！　けど、この村にこんなすごいものと並んで遜色ないものがあるかは疑わしいけど……」

「本当に何でもいいんだよ。面白そうなものがあれば買ってこうってだけだから、気楽にいこうよ。それより、カイルと一緒にショッピングってのが楽しみ！」

「そ、そうなんだ」

シャノンの言葉に、ドキッとしてなんだか恥ずかしくなる。

とりあえずゴホンと咳払いをして、気を取り直す。

「じ、じゃあ、いろいろ見て回ろうか」

「よろしく、ガイドさん」

「任せて！　そうだなあ。この辺りだと――」

と、その瞬間。

グ～～ッと何か地響きのような音が鳴り響く。

「えっと……シャノンさん？」

その音は、シャノンから鳴っていた。

シャノンの方を振り返ると、何だか少し恥ずかしそうにしている。

「あーえっと、あはは。ご、ごめん……お腹空いちゃった」

「お、お腹の音だったんだ」

「いやあ、朝ちょっとバタバタしててあまり食べられてなかったからさ」

面目ない、とシャノンは両手を合わせて頭を下げる。

「まあ少し早いけどもうそろそろお昼の時間だからね。じゃああそこの酒場でご飯食べよっか」

「おお、いいね！　行こう行こう！」

そうして、二人は、目の前にあった酒場へと入る。

まだ午前中ということもあり、それほど客は多くない。

しかし、店のカウンター席では、既に何人かの酔っ払いが完成していた。

「わあ、朝から元気だね、あの人たち」

「あれは……レジナルドさんたちだ」

「知り合い？」

「うん。守衛さんたちだよ。夜勤明けかなあ」

すると、酔っ払いたちはこちらに気付いたようで、酒を片手にこちらへと向かってくる。

「ようカイル、久しぶりだな！」

「レジナルドさん、こんにちは」

髭を蓄え、筋肉質な体つきのレジナルドは、少しふらつきながらシャノンの方に視線を移す。

「あんたが噂の魔女っ子だろ？　一発でわかったぜ、この村にはねえ色だ」

レジナルドは、シャノンの横の席にドカッと座る。

「一杯どうだい？　話し聞かせてくれよ」

「レ、レジナルドさん、酔いすぎですよ……」

「んん？　酔ってねえさ！　まだな！　俺たちも退屈してんだ！　ほら、嬢ちゃんも飲みな！」

レジナルドは、新たに酒を注いだ木のコップをシャノンに差し出す。

「おお、まだこの村のお酒飲んでなかったんだよね。じゃあ一杯だけ。私この後カイルと予定あるからさ」

「お、ノリがいいねえ。この村の酒は美味いぜ？」

シャノンはコップを受け取ると、ごくごくと喉に流し込む。

「――んん！　本当だ、美味しい！　少しピリッとしてて、さっぱりしてるね」

「だろう？　やっぱ旅してる奴にはわかるか！　いいね、気に入ったぜ嬢ちゃん！」

レジナルドは嬉しそうにガハハと笑い声を上げる。

機嫌の良くなったレジナルドから昼食をご馳走してもらい、それからしばらく、シャノンたちはレジナルドとの雑談を楽しんだ。

いつもは気難しいレジナルドも、シャノンにデレデレと楽しそうにしており会話が弾む。

それを見ながら、カイルはちびちびと水を飲む。

二人の会話はまるで大人のようで、会話に入るのは少し難しい。

それでも、シャノンはカイルに話題を振ってくれて、三人での会話が円滑に進む。

シャノンのコミュニケーション能力は、ここでも目を見張るものがあった。きっと長い旅の間で培われたものなのだろう。

ほんの少しの劣等感と、純粋な尊敬の気持ちを抱きつつ、差し出されたつまみを口に運ぶ。

「守衛も朝まで大変そうだね」

「いやあ、そうでもねえさ。敵といやあ、小型の魔獣くらいなもんだ。退屈な仕事だよ」

「でも、レジナルドさんたちのお陰で安心して暮らせてるよ」

「はは、嬉しいねえ。魔法使いってのは戦えるのか？」

「うーん、まあ戦えなくはないかな。魔法使いって珍しいでしょ？　だから結構身の危険があってね」

確かにこんな力があれば、それを悪用したい人だってきっと少なくない。そんな奴らから逃れて身を守るには、強い意志と力が必要になってくる。

「ほう、いいねえ！　いつか魔法使いと一緒に戦ってみたかったんだ。結構前に来た魔法使いはひよっこで全然だったが、お前は相当できそうだ」

「魔法もそうだけど、護身術も身につけてるからね、私強いよ〜」

言いながら、シャノンはニヤリと笑みを浮かべ、力こぶを作って見せる。

「ほう、いい筋肉だな。カイル、お前嬢ちゃんにも勝てねえんじゃねえか？」

「ぼ、僕はいいんだよ、そういうのじゃないから！」

そう、別に戦いがメインな訳ではない。山菜取りの方が得意だし、僕はインドア派なんだとカイルは自分に言い聞かせる。

「はは、悪い悪い。だが、カイル、お前もいつかは守衛になるかもしれねえぜ？」

「うーん、僕は戦いは向いてないと思うから……それに……」

守衛という職も確かにかっこいいとは思う。けれど、シャノンと出会ってからは、外の世界への憧れが増していた。

この代わり映えのない退屈な村。娯楽に飢えた村人たちは、案の定シャノンの登場を喜んだ。もちろん自分も。だが、一時だけだ。

きっとシャノンがいなくなれば、またいつもの村に戻る。それが今から既に、少し寂しい。ならいっそ、自分も外に飛び出したいと思わなくもない。

だが、その一方で自分はきっとこの村で死ぬまで生きていくんだろう、という気もしていた。

すると、レジナルドは何かを察したのか、ははは と笑う。

「まあいいさ。余程の脅威がないとつまらない職だ、お前の才能を伸ばせる職を探した方が賢明だ。この村は安全だからな」

すると、シャノンが「あっ」と声を上げる。

「もうお昼みたい。結構長居しちゃったね。そろそろ行こうかカイル」

言われて外を見ると、朝出てきたのに、もう既に太陽が高いところまで昇っていた。

「あ、本当だ」

「もう行くのか？」

レジナルドが名残惜しそうにシャノンを見る。

「うん、楽しかったよおじさん。また機会があったら話そうね」

「へっ、そうかい。また来いよ嬢ちゃん！　お前ならいつでも歓迎だぜ。久々に美味い酒だったぜ、ありがとな」

「おじさんもお酒はほどほどにしなよ～。それじゃあまたね！」

レジナルドに見送られ、酒場を出る。

涼しい風が吹き抜け、火照(ほて)った頬(ほお)を冷やす。

「ふぅ～。いやあ、楽しかったね」

「あんな機嫌がいいレジナルドさん久しぶりに見たよ。夜勤明けは結構ぴりぴりしてるからさ」

「そうなんだ。大変な仕事だろうからね。――さて、ごめんね、行こっか！」

そうして二人は雑談しながら歩き、本来の目的を達成するためいくつかの店を回る。

午後は遠巻きに見られたり、何度か話しかけたりなどはあったが、さっきまでのように引き留められることはなかった。

シャノンは回った店で、変な置物や仮面とかを適当に買っていた。

必要なさそうだと思ったが、きっとシャノンにとっては大事なものなのだろう。

そうして楽しい時間はあっという間に過ぎていった。

「はあ～いいね！　楽しかった。もともと来る予定はなかった村だけど、カイルに会えて村に来られて良かったよ。ありがとね」

シャノンは穏やかな顔でそう感謝を告げる。

「へへ、良かった！　でもほら、まだ全部は紹介しきれてないし、そこはまた明日だね」

「うーん、まあ急ぐ旅でもないから、今日も泊めてもらおうかな～」

言いながら、シャノンはググッと伸びをする。

「やった、そうこなくっちゃ！」

とにかく、まだこの退屈を紛らわせてくれる時間が続いてくれる。それが嬉しかった。

束(つか)の間(ま)の好奇心が満ちる感覚をもっと楽しんでいたかった。

「じゃあ、暗くなる前に帰ろ――」

と、踵(きびす)を返した瞬間。

頭上を大きな影が通り過ぎ、遅れて激しい風が吹き抜ける。

「ッ……！」

「うわっ！　何――」

「グガアアアアアアアアアア!!!」

「「!?」」

耳をつんざくような咆哮(ほうこう)。

鳴き声というよりも、叫び声の方が正しいかもしれない。それだけの轟音(ごうおん)。

慌てて上を見上げると、そこにあったのは、信じられないものだった。

巨大な翼を持ち、白銀の鱗(うろこ)に覆われた巨大な何か。

それは、その空で圧倒的な存在感を放っていた。

「ドラゴン……！」

シャノンがそれを見上げながら、そう呟く。

「ドラゴン⁉　そんな……本当に⁉」

ドラゴンなんて、魔法使いよりも珍しい存在だ。

幻獣と言っていい。それが本当に存在するなんて俄かには信じられなかった。

しかし、シャノンの目は真剣だった。

「うん、あれはドラゴンだね。久しぶりに見たなあ。ここ最近は数も減って目撃情報すら殆どなかったのに、こんなところに……一体何があったんだろ」

「本物……凄い……！」

ドラゴンなど、絵本でしか見たことがない。まさか実際に見られるなんて。

と、一瞬その希少さに興奮を覚えたが、すぐさま嫌な予感が脳裏をよぎる。

「……いや、ちょっと待って。ドラゴンって……この村やばいんじゃ……」

さーっと血の気が引いていく。

「あんなに低空飛行だったし……ちょっとまずいかも」

ドラゴンの力は圧倒的だ。

ドラゴンによって半壊した都市の話は、枚挙にいとまがない。こんな村など、一たまりもないだろう。

「見て、ドラゴンが降りてく」

シャノンは飛び去っていくドラゴンの方を指さす。

ドラゴンは、村の奥に広がる森へと着陸しようとしていた。ここから目と鼻の先だ。

「みんなに知らせないと……！」

「そうだね、避難しないとまずいかも……！」

二人は村の中心へと急いで戻る。

すると案の定、村は既に阿鼻叫喚だった。

さっきまでの穏やかな様子とは打って変わり、今は誰も彼もが叫び走り回っている。

完全なパニック状態だ。

「おいおい、ドラゴンだと⁉」

「前代未聞だ！」

「ウーダの森に降りたぞ⁉　この村やばいんじゃないか⁉」

「死にたくない‼」

「逃げよう……もう無理だ！」

「何言ってる、戦うんだよ！　先祖代々受け継いできた村だぞ⁉　討伐隊を組め！　この辺りが焼け野原にされるぞ‼」

響き渡る悲鳴と怒号。

多くの大人たちが村中を駆け回っていた。それだけの異常事態。

全員の顔に恐怖の色が見て取れた。

ドラゴンの脅威は伝え聞いたものしかないが、それでもその恐ろしさは全員があの空を飛ぶ姿を見ただけで理解していた。

あんなものが村へ来れば村は壊滅してしまう、と。

右往左往する村人たちを見ながら、ぎゅっとシャノンの袖を摑む。

「ど、どうしよ……」

ぽつりと、その光景を眺めながら不安が口をつく。

さすがのシャノンも、深刻そうな表情を浮かべている。

「さすがにちょっと不味いかも……。けど、討伐隊を組むって言ってたし」

「そうだけど……」

到底、この村の人たちだけでドラゴンを倒せるとは思えなかった。だってこの村は、長いこと争いなどしていないのだ。あるとしても、この村の近くまで来た小型の魔物を狩る程度だ。

「人間がドラゴンを退けたっていう話はない訳じゃないし、協力すれば何とかなるかも」

「…………」

「ただ……この村の人たちじゃ……」

少しして、いつも村を守っている守衛や狩人などの屈強な男たちが、次々と村長の家へと集まっていく。

　ドラゴンに立ち向かうために、みんな集まってきているのだ。

「おいおい、嬢ちゃん！」

「あ、さっきのおじさん」

　酒場にいたおじさん、レジナルドが、さっきまでの酔っぱらった姿ではなく、武器を片手に立っていた。

「まだいたのか。もうじきここは戦場だ。さっさと逃げろ。お前だけなら問題ないだろ」

　おじさんは神妙な面持ちでそう言う。

「いやあ、さすがに私だけ逃げるってのもね」

「はは、情けは要らないぜ。ドラゴンは俺たちが倒すからな。万が一のために先に村を出ておけ」

「……」

「じゃあ、また会おうぜ。今度はいい酒でも持ってきてくれよな」

　そう言い残し、レジナルドは村長の家へと入っていく。

　その背中には、緊張感が漂っていた。

「討伐隊か……。ドラゴン相手にどうするつもりなんだろう。ちょっと私たちも話聞いてみようか」

「え？」

「カイルも心配でしょ？　村の一大事なんだし、聞いてみようよ。私も何か手伝えるかもしれないし」

「そ、そうだね！」

二人はレジナルドの後を追い、村長の家へと入っていく。

中には大勢の男たちが集まっており、その中心には村長の姿があった。

「近くの街に報せを出して助けてもらうのは？」

「ウェステリアかオーウッドか？　無理だ、早くても五日はかかる。助けを待つ間に村が壊滅するぞ」

「手紙は出した。七日も耐えれば、助けが来てくれるかもしれないが……」

「小さな村一つだ、街が動くとも思えん。ドラゴンを相手にするのは大きな街でも一筋縄ではいかないだろう。静観する可能性の方が高い。むざむざ死にに行かせることはないだろ」

どんよりとした空気が流れ、全員絶望した表情を浮かべている。

こんな状態では、まともに戦えたものではない。

「助けは絶望的か……。急いで討伐方針を固めないと」

「俺たちだけでドラゴンを……」

すると、村長がこちらに気付く。

「おや、カイルかい。そちらは……」

「シャノンです」

シャノンはぺこりと頭を下げる。

「あぁ。旅の魔法使いの方」

「そ、そうだ、シャノンさん！　お願いです力を貸してください！」

手前に立っていた若者がシャノンの方を振り返ると真剣な顔で跪(ひざまず)く。

「ちょ、ちょっと頭なんか下げないでくださいよ」

シャノンは頭を下げる若者に困惑して苦い顔をする。

「ま、魔法なら、あのドラゴンを何とかできるんじゃないですか!?　どうかお願いします……！　この村のために……！」

「この村にはお世話になりましたし、できることがあるなら手伝いますよ。私もこの村好きですし」

「本当ですか!?　そ、それじゃあ――」

「止(や)めんか！」

瞬間、村長の怒号が響き渡る。

全員がビクッと姿勢を正し、振り返る。

「そ、村長……」

「……すまないね、旅の方。みんな怖いんだ。だが、これは村の問題だ。あんたに迷惑をかけるつもりはないよ」

「別に迷惑とかじゃないですけど……」

「あんたはうちの村を好いてくれている。だから安請け合いしようとしているのかもしれないがね。魔法使いと言えど、ドラゴンを相手にするのは一筋縄じゃいかないのはわかっているよ。以前私が出会った魔法使いは戦闘はからっきしで、それよりも病気や怪我(けが)の治療に長(た)けていた。それがあんたに当てはまるかはわからないけど、魔法使いだからって何でもできる訳じゃない。これは私たちの村の問題。旅人であるあんたに命を懸けろなんて言えないさ。気持ちは嬉(うれ)しいが、あんたは先に逃げな」

　全員が静かに村長の話を聞く。

　そして、村長は男たちの方を見る。

「頼る方も頼る方さ。こんな年端もいかない少女に縋(すが)ってどうする？」

「そ、それは……」

「自分たちの村は自分たちで守る。都合のいい時だけ強い者に頼ってどうする。私たちの力だけで生きぬくことを決めたんだ。その生き方を押し通すためにも、今こそ私たちの力を示すんだよ」

その村長の言葉を聞いて、討伐隊たちの目つきが変わる。

「そう……ですね……俺たちで、俺たちで、俺たちでやってやりましょう！」

「やろう、俺たちで！」

「そうだ、村は自分たちの力で守るんだ！」

おー！　っと、周囲の空気が一気に温まっていく。

その士気は最高潮と言えた。

その様子を眺めながら、シャノンは複雑な表情を浮かべている。

「全然手伝うんだけどなあ……。ドラゴンって本当に強いですよ？」

シャノンはわかっているのだ、ドラゴンというものの怖さを。

「その気持ちだけで嬉しいよ。この村を好きになってくれたんだね。だが、助けは無用だよ。あんたは先にお逃げ。また、平和な時期にでも来ておくれ、その時は歓迎するよ」

村長は目を細め、ニコリと微笑む。

そうして、村長を中心に作戦会議が始まる。もうシャノンたちに口を挟む隙はなかった。

「だ、大丈夫かな……」

「どうかな……ドラゴンは強いから」

だが、村長の言い分もあるし、村人たちのプライドもある。あくまでよそ者であるシャノンが、そこにズカズカと入っていくことはできない。

「そ、そうだよね……あんな槍とか剣だけじゃさすがに……」

カイルは、青ざめた顔で唇を噛む。もし討伐隊がドラゴンを倒せなければ、この村は滅ぶ。そしてそれは、ほぼ確実にそうなる気がしてならなかった。

討伐隊の士気は高いがそれでもその表情は険しい。実力差は明白だった。

「ドラゴンの牙は鋭くて、爪は強靱。さすがにただの守衛や狩人じゃ太刀打ちするのは難しいかな」

「だ、だよね……」

「それに、口から出る炎は一瞬にして相手を消し炭にするし、飲み込んだものは何でも完全に消化――」

と、不意にシャノンのセリフが止まる。

「シャノンさん……？」

不思議に思い顔を見上げると、シャノンのその表情はさっきまでとはまるっと変わっていた。

討伐隊や村を心配する表情でも、手助けを断られた困惑の表情でもない。

その表情は――興奮だった。

「なんですぐに思いつかなかったんだろう……！」

シャノンの目が、キラキラと輝く。

まるで、何日も探したなくし物を見つけたときのような、そんな抑えきれない喜びがあふれているようだ。

「ど、どうしたの……？」

嫌な予感がよぎる。

そして、その予感は直ぐに当たることになる。

「ドラゴンなら、私を……！　カイル、私ちょっとドラゴンのところに行ってくる！」

「は……えっ⁉　ちょっと、なんで⁉　なんでそうなるの⁉」

咄嗟にシャノンを引き留めようと腕を伸ばすが、それよりも早く、シャノンは勢いよく村長の家から飛び出す。

「ま、待ってよ！　シャノンさん、何考えてんのさ！　討伐隊を出すんだよ、一人で行ってどうするの⁉」

慌てて後を追い、外に出る。

「ちょっと、ドラゴンに会ってこようかなって！」

「何言ってるの⁉」

最大限困惑するカイルをよそに、シャノンはふんふんと興奮していた。

「カイルは逃げて！　ここでお別れだけど、楽しかったよ！　元気でね！」

そう言って、シャノンは駆け出す。

訳がわからない。あの一瞬で、何がシャノンの気持ちを動かしたのだろうか。

「シャノンさん、急になにが……。元気でねって……まさか……！」

もしかして、シャノンは助けてくれたカイルへの恩返しに、ドラゴンを一人で倒そうとしているのではないだろうか。

魔法使いとして、村長が巻き込めないと立場上断るのを理解した上で、先に一人ドラゴンに戦いを挑み、なんとか村を守ろうと。

――つまり、死ぬ気なんだ。

「無理だよ……そんなの……！」

たとえシャノンが凄腕（すごうで）の魔法使いだったとしても、一人であのドラゴンを相手にするなんて、無茶（むちゃ）すぎる。

それに、シャノンに守ってもらうなんて、そんな大きな恩を与えた自覚もない。そんなことより、シャノンが一人で死んでしまうことの方が恐怖だった。

「シャノンさん……！」

居ても立ってもいられず、カイルはシャノンを追うように森へと走り出した。

「シャノンさん、待ってよ！」

はあはあと息を切らしながら、何とか声を絞りだす。

全速力で走り、草木を搔き分けながら前を行くシャノンを追う。

ここはもう既に深い森の中で、ドラゴンが着陸した場所はそう遠くない。

「シャノンさん！」

声が届いたのか、シャノンは立ち止まるとため息混じりに後ろを振り返る。

「もう、まだ付いてきてたの？　カイルは危ないから帰りなよ。さすがにカイルのことまで守れないよ」

「だ、だって……」

両膝に手をついてはあはあと息を整えると、息つく間もなく言葉を続ける。

「ド、ドラゴンを一人で倒そうとしてるんでしょ⁉　そんなの無理だよ！」

すると、シャノンは眉をひそめ、怪訝な顔をする。

「いや、何か勘違いしてない？」

「え？　だ、だから村長に関わるなって言われたけど、僕たちを助けようとしてくれてるんでしょ⁉」

そうでなければ、この村の住人でもないただの旅人であるシャノンが、ドラゴンに向かっていく理由なんてない。

仮に違うと言うならば、それはもうただの死にたがりだ。

「嬉しいけど……僕はシャノンさんが死んじゃう方が嫌だよ！」

シャノンは優しい人だ。それは、あの村での行動からわかる。

誰にでも分け隔てなく接して、すぐに仲良くなる。そんなシャノンがあの村を好きになり、そして泊めてくれた恩に報いるために行動を起こそうとしてくれるのは容易に想像ができる。

だが、それはカイルにとっても同じことだった。仲良くなったシャノンを死なせたくない。だから、止めないといけない。

しかし、シャノンの返答は一貫していた。

「だから、私は村のためとかカイルのためとかそういうのじゃなくてさ……凄い個人的な理由でここに来ただけなの。だから、カイルを巻き込みたくないからさ、逃げてよ」

「じゃ、じゃあ、一体どういうつも——んぐっ⁉」

「しっ」

「静かに」

瞬間、シャノンはカイルの口を強引に塞ぐと、木の陰に押し込む。

「んがっ……！」

「静かにって言ってるでしょ」

「…………」

真剣なシャノンの声に、観念して言われるがままに抱かれ、静かに息を潜める。

自分の心臓の音やシャノンの息遣いが聞こえるほどの静寂。

ちらっとシャノンの顔を見上げると、その視線は、どこか違う方を見ていた。

「ど、どうしたの……？」

小声でそう問いかけると、シャノンは「あそこ」と小さな声で言う。

カイルは、くいっと顎でシャノンが指した方へゆっくりと視線を動かす。すると、豊かな緑色の隙間から、銀色の何かがチラチラと視界に映る。

心臓が高鳴り、体中の血がサーッと引いていくのを感じる。

この銀色は、ついさっき見たばかりだ。

「ドラゴン……！」

「結構すぐに会えたね」

そう言うシャノンの声は弾んでいた。

口角が緩み、ドラゴンに向ける眼差しは好奇心にあふれていた。

「傷を負ってるみたい。こんなところまで来るんだから何かあったとは思ってたけど」

言われて視線をドラゴンの方に戻すと、確かにドラゴンは、身体（からだ）の至る所に傷を負っていた。あの鱗（うろこ）を傷つける生物がいるとは考えづらい。ということは、ドラゴン同士の争いだろうか。

「傷……」

「グルルル……」

「！」

ドラゴンが喉を鳴らす音が響く。

ほんの数十メートル先に、確かにドラゴンがいる。

緊張が走る。少しでも動けば、すぐにでもあのドラゴンの鋭い爪が飛び込んできそうな、そんな嫌なイメージが頭を埋め尽くす。

「シャ、シャノンさん……今のうちに逃げた方が――」

「じゃあ私行ってくる」

「えぇ⁉」

緊迫し、生きた心地のしていないカイルとは裏腹に、シャノンはこの距離でもなおワクワクした様子だった。

さっきまでのシャノンと同じ人物とは思えない。今のシャノンには、あのドラゴンのこと以外殆(ほとん)ど目に入っていないようだった。そう、自分の命さえも。

「カイルは戻ってて。これ以上は本当にただじゃすまないから」

「ほ、本気で言ってる⁉　死んじゃうよ⁉　相手はドラゴンだよ⁉」

何とか小声のまま声を張り上げる。

　しかし、シャノンは淡々と語る。

「私の旅って、こういうのだからさ。だから、カイルは戻って討伐隊を待って。彼らでも無理そうなら、せめて両親を連れて村から逃げな。カイルには死んでほしくないからさ」

「そりゃ僕だって……。旅とか……そんなの知らないよ！」

　目に涙が溜まり、眉を八の字にしながら必死でシャノンに縋る。

　すると、シャノンの手のひらが、ポンと頭の上に載せられる。

「ありがとね。けどせっかく巡ってきたチャンスだからさ。もちろんカイルには感謝してるけど、恩とか村のためじゃなくて、本当にこれは私のやりたいことなだけだから」

　と、シャノンはにこやかに笑う。

「完全な私情。この村は全然関係ないから、私が用事を終えたら好きにドラゴンを倒していいよ」

　嘘に決まっている。

　私情でドラゴンに喧嘩を売りに行く人間なんている訳がない。だって相手は、あのドラゴンなんだから。

「じゃあ、私行くから！　元気でね！」

　そう言ってシャノンは、ドラゴンに向かって駆け出す。

「シャノンさん！」

手を必死に伸ばすが、もうシャノンの背中は届かないところまで離れてしまった。

僅か数十メートルの距離。草木を掻き分け、シャノンはバッとドラゴンの前に身を晒(さら)す。

ドラゴンはシャノンに反応すると、ゆっくりと顔をシャノンへ向ける。

その黄色い瞳はシャノンを見ているが、その顔がこちらの方を向いているというだけで身が竦(すく)むほどの恐怖が湧き上がってくる。

「やっほー、ドラゴンさん」

シャノンはいつもみたいに軽快に、ニコリと笑い挨拶する。

その言葉に反応するように、ドラゴンは目を輝かせるとゆっくりと口を開き、そして。

「ガアアアアアアアアアアアアア!!!!」

耳をつんざく咆哮(ほうこう)。

衝撃波が駆け抜け、周りの岩や草を切り裂く。

弾(はじ)き飛ばされた石や草がシャノンの皮膚を切り裂き、その白くもちもちした肌からツーッと赤い血が垂れる。

普通なら恐怖してもおかしくない状況だ。しかし、シャノンの顔は依然として楽しそうだった。

逃げろ、と身体が警報を発していた。

けれど、シャノンを放って一人だけ逃げるなんてカイルにはできなかった。それならせめて、シャノンを助けるために行動しないと。

　そう頭ではわかっているのだが、身体はピクリとも動かなかった。眼を見開き、ただただ恐怖で足が震える。

「最強の生物……君なら！」

　そう言って、シャノンはまるで抱擁するかのように、バッと両手を広げる。

「多分私、美味しいよ」

「ガアアアアアア!!」

　それに呼応するように、ドラゴンの巨大な口がガバッと開かれる。口内では大量の牙が光り、その奥の喉は黒く深く、吸い込まれるような闇が見えた。

　シャノンは得意の魔法で反撃をするでもなく、ただ無抵抗にその闇を受け入れる。

　ドラゴンの頭が、シャノンに向けて振り下ろされる。

　大きく開けた口にシャノンは飲み込まれ、一瞬にしてガシッ！　と口が閉じる。

　シャノンは、頭からつま先まで綺麗にドラゴンの口の中へと納まってしまった。

「う……うわあああああ!!」

　衝撃的な光景に、無意識に悲鳴が上がる。

　膝から崩れ落ち、唖然とドラゴンを見つめる。

「あ……あぁ……シャ、シャノンさん……！」

ドラゴンはモグモグと咀嚼(そしゃく)し、そしてゴクンと喉が鳴る。

「…………」

さっきまで元気に話していたシャノンが、目の前で丸々ドラゴンに食べられてしまった。

一生の中で一度だって見る必要のない、悪夢のような光景。

全身の毛が逆立つ。血の気は引き、ふわふわとした浮遊感に襲われる。現実感のない状況に、思考が鈍る。それでも、時は止まってくれない。

「グルルル……」

ドラゴンは、まだ食い足りないとでも言いたげに喉を鳴らす。

ゆっくりと頭をカイルの方に向ける。

背筋が凍るような視線に、身体が震えだす。

あれだけ大きな叫び声を上げて、ドラゴンが気付かない訳がない。次は、カイルの番という訳だ。

もう逃げ出すための気力は残っていない。シャノンが飲み込まれた時点で、心はぽっきりと折れていた。

魔法使いならもしかしたら——そんな期待感が少しはあった。あのシャノンが、ただで死ぬ訳がないと。しかし、現実は非情だ。

ドシン、ドシンとドラゴンがゆっくりと近づいてくる。

カイルに既に戦意がないことを察しているのか、焦る様子はない。

ゆっくりと地面を揺らしながら近づき、そしてドラゴンはカイルの前に立つ。

ドラゴンの口から洩れる血生臭いにおいが鼻腔をつき、生暖かい息が顔に掛かる。

「…………！」

カイルは恐怖から咄嗟にぎゅっと目を瞑る。

もう、どうしようもない。待っているのは、シャノンと同じ結末だ。

「グアアアアアアア‼」

けたたましい叫び声と共にドラゴンが巨大な口を開き、熱気が押し寄せる。

カイルは身を強張らせる。震える手足は相変わらず動かない。

これで終わり。もう逃げようがない。

覚悟というより、諦めが支配し、静かに目を瞑る。

――しかし。

「…………？」

しばらく待っても、目の前のドラゴンが動き出すような雰囲気が感じられなかった。

もうとっくに飲み込まれていてもいいくらいの時間は経ったはずだった。

不思議に思いゆっくりと目を開けると、目の前のドラゴンはピタリと動きが停止していた。

「えっ……？」

何かが起こっていた。ドラゴンの様子がおかしい。

「グッ……アアア……」

少しして、ドラゴンは喉の奥から苦しそうな声を漏らし始める。

小刻みに震え、ドシンドシンと地面に身体を叩きつけ始める。

「な、何が――」

あのドラゴンが、苦しんでいる。

「グガアア……アアア……ガアアアァァァ!!!」

悶絶するような叫び。

そして次の瞬間。

ドラゴンは、その身体の中心から――弾け飛んだ。

「うわぁ!?」

激しい爆発音と、何らかの熱反応。

熱風が駆け抜け、周囲に肉片や赤い液体が飛び散る。

唖然とその光景を見つめ、視線をドラゴンの頭へと向ける。

すると、さっきまで恐怖を掻き立てていた眼光は消え去り、白目をむき、生気を失っていた。

そして、そのままフラッと横に揺れると、ドシンと音を立てて地面に倒れ込む。

「え………？」

訳のわからない展開に、カイルは茫然と立ち尽くす。

困惑しながら恐る恐るドラゴンに近づいてみる。周囲にはドラゴンに肉や血が飛び散り、その顔は確実に死んでいた。

「自爆……？」

すると、丁度ドラゴンの腹に位置する辺りから、バサッと金色の髪が広がる。

続いて、死体から這い上がるように、白く華奢な腕が現れる。それは、壁をよじ登るように、ドラゴンの死体を登る。

「んっしょ……」

それは人だった。

その人物はカイルに背を向けたまま、ドラゴンの屍の上に立つ。

ドラゴンの胃液で溶けたのか一糸纏わぬ姿で、血が斑に付着した白く綺麗な背中とお尻が、カイルの目に飛び込んでくる。

「んん〜……はあ」

その人物は、地獄のような光景の真ん中でググッと伸びをするとため息を漏らす。

「死ぬのって生きるより大変だよ、まったく」

そう零し、口を尖らせる。

「シャ……シャノンさん……!?」

そんな訳はない。だってシャノンはドラゴンに丸々飲み込まれたのだから。

そんな状況で、生きていられる訳がない。しかし。

「あれ、カイル。まだいたの？　もう……逃げなって言ったのに」

その声、仕草、そして振り返ったその顔は、まさにシャノン以外の何者でもなかった。

「いや、え……その、そんなことより、ドラゴンに飲み込まれて死んだんじゃ……」

よく見ると、シャノンの身体には無数の火傷の跡のような傷があった。ドラゴンの胃液によるものだろう。

「その傷……大丈――」

と次の瞬間。

その傷はまるで時が戻るかのように、見る見るうちに再生していく。

痛々しかった傷が、綺麗な白い肌に戻っていく。

「え……？」

まるで何事もなかったかのように、ほんの数秒で傷は綺麗さっぱりと消えた。

自分の目を疑い、カイルはパチパチと瞬きする。

「傷が……消えた……？」

「あっちゃー、見られちゃったか」

そう言いながら、シャノンは何もない空に手を伸ばす。

その手は、水に浮かぶ波紋のような空間の切れ目に滑り込んでいく。昼間見せてもらった魔法の空間だ。

シャノンがそこから手を引き抜くと、その手には新品の服があった。

それを着ながら、シャノンはカイルの方に向き直り、肩を竦(すく)める。

「私ってさ、不老不死なんだ」

「……はい？」

理解できない言葉に、思考が停止する。

不老不死。不老、不死。

「つ、つまりそれって……」

「そう、私って死ねないんだよね、そう簡単にはさ。残念ながらね」

シャノンはヘラッと笑う。

衝撃の事実と共に、シャノンはドラゴンの胃の中から無傷で帰ってきた。

◇

「英雄の凱旋(がいせん)だ！」

「うおおお、シャノン万歳、シャノン万歳！」

「すげえぜ、嬢ちゃん!!」

村の若者たちが、シャノンへの讃美を叫びながら酒を飲む。

ドラゴンが討伐され、村はお祭り騒ぎだった。

村中の人々が村長の家の前に集まり、誰一人死なずにドラゴンという危機を乗り越えられた喜びを分かち合っていた。

「すごいお祭り騒ぎだね！　シャノンさんのお陰だよ！」

「まあ……」

祭りで盛り上がる村人たちとは対照的に、シャノンの顔はどんよりと曇っていた。

椅子に腰かけ、焚火の光で顔に陰を落としながら背中を丸めている。

この不老不死の魔女のお陰で、この村は救われたのだ。

なのに、さっきからずっとこの落ち込みよう。

「どうしたのシャノンさん？　そんな残念そうに……。シャノンさんはこの村の英雄だよ!?」

「英雄ってさ～、私別にそういうの興味あった訳じゃないんだよねえ」

と、いじけるように唇を尖らせている。

「そうかもしれないけどさ、ほら見てよ！　みんなあんなに喜んでるよ。謙遜してるのかもだけど、シャノンさんのしたことは凄いことだよ！」

「まあそうかもだけど。あんまり私みたいなのが肩入れしすぎるのも本来は――」

「そうだぜ、嬢ちゃん！」

「うげっ！」

不意にシャノンの肩に、がしっと太い腕が回される。

その勢いに押され、シャノンが前のめりに倒れそうになる。

男は、酒場で会ったレジナルドだった。

「ほら喰え、嬢ちゃん！　今夜はあんたが主役だぜ！」

「んぐっ！　こ、こんなに一気に……死んじゃうよ！　死ねないけど」

レジナルドは、両手いっぱいに持ってきた肉を強引にシャノンの口に詰め込む。

シャノンは頬をパンパンにし、口に詰め込まれた肉を必死に咀嚼する。

その様子を見て、レジナルドは豪快に笑う。

「アッハッハ！　良い喰いっぷりだぜ嬢ちゃん！　よっ救世主！」

「うるさいなあ……おじさんが無理やり食べさせたんでしょ」

「はは、まあいいじゃねえか！　主役はもっとドンと胸を張っててもらわねえとよ！　辛気臭いぜ、この辺りだけよ」

そう言ってまたレジナルドは豪快に笑うと、ふぅと一呼吸置き、静かなトーンで口を開く。

「……いや、実際。俺は嬢ちゃんに感謝してるんだぜ？　俺は正直もう駄目だと思ってた。今日ここで、俺たちはドラゴンに焼かれて死ぬんだってな」

しんみりと語るレジナルドの横で、シャノンは話を聞きながらなんとか詰め込まれた肉をモグモグと咀嚼している。

「だが、カイルが連れてきた魔法使いの嬢ちゃんが……シャノン、あんたがドラゴンを吹き飛ばしてくれた。何の冗談かと思ったが、森に行けば立派なドラゴンの死体が転がっていやがった。俺は嬉(うれ)しかったぜ。まだこの村はなくなる時じゃねえってな。村長はああ言ってるが……この村はそろそろ外からの手を借りてもいい頃だと俺は思ってたんだ。伝統はあるだろうけどよ、村がなくなっちまうよりいい」

レジナルドはじっとシャノンを見つめる。

「とにかく、ありがとな。嬢ちゃんのおかげで助かったぜ。村も人も」

そう言い、両膝に手をついて頭を下げる。

シャノンは咀嚼してた肉をごくりと飲み込むと、口を開く。

「そんな畏(かしこ)まらないでよ。たまたまだよ、私の目的はドラゴンを倒してこの村を救うことじゃなかったしさ」

「ははは、謙遜するな！　ドラゴンを倒しに行くなんて命懸けの行動に、他の目的なんてないだろ。ドラゴンの素材も全部俺たちにくれたし、さすがにわかるさ」

「目的ならあったよ」

「へえ、聞かせてくれよ」

レジナルドは笑いながら酒を飲む。

「ドラゴンに殺されてみたかったんだよね」

「ぶふぅ!!」

その言葉を聞き、レジナルドは飲んでいた酒を噴き出す。

そしてポカンと口を開け、しばらくして、身体を小刻みに震わせる。

「――ガッハッハッハッハ!! 何言ってるんだ嬢ちゃん! ドラゴンに殺されたくて戦いを挑む奴がいる訳ないだろ!」

僕もそう思っていた、とカイルは一人頷く。

レジナルドは身体を曲げ、膝をバシバシと叩きながら笑う。その目には、笑いすぎて涙が浮かんでいる。

「はー面白い。だが、嬢ちゃんの優しさは理解したよ。村長の言っていた通り、これは俺たちの問題だった。そう言われても何とか俺たちを助けたかった。だから、倒すために戦った、なんて俺たちに面と向かって言えないし言わないんだろ?」

「いや、レジナルドさん、シャノンさんは本当に――」

と言いかけたところでシャノンと目が合う。

シャノンは肩を竦め、パチンとウィンクをする。

レジナルドは勘違いしているが、シャノンは本当に、本心を言っているのだ。あの光景を見た者でないと、とても信じられないけど。

「そんな高尚なものじゃないよ。私はただの旅の魔法使い。吹けば飛んでいっちゃう存在だよ」

「まあいいさ、そういうことにしておこう！　だが、たまたまだろうが、気まぐれだろうが、とにかく俺たちは嬢ちゃんのお陰でこうして生きていられるんだ。勝手に感謝させてもらうぜ！　恩人として祭り上げてな！」

そう言い、レジナルドはまたなと挨拶すると、豪快に笑いながら宴の輪の中へと戻っていった。

この村の全員が、そうやってシャノンに感謝している。結果論だとしても、行った結果に変わりはない。

シャノンは、死にたがっていた。自分から死を求めている。

聞いた時は耳を疑ったが、確かにシャノンとの出会いから考えてみれば納得はいく。

あの落下は、決して幻なんかじゃなかったのだ。

「やっぱり、まだ死にたいの？」

「それが私の旅の目的だからね。私の人生のエンディングを見つける旅。どう、結構ロマンチックでしょ？」

自分の死がまるで悲しいことではないというように、シャノンはニコッと笑う。

「……はは、シャノンさんってやっぱり面白いね」

「そう？」

「うん。こんな人、他にいないよ」

「不老不死が二人もいてたまるもんですか。一人で十分だよ、こんなのは」

そう言って、二人は笑い合う。

まだ数日だけの関係だが、死ぬまで忘れることはないだろう。それだけ強烈な出会いだった。

「そういえば最初に会った時、私が食べたキノコ、あれ、本当は毒キノコだったんだ。カイルの知識が正解。ごめんね、騙すみたいになっちゃって」

「えっ！　じゃあ、僕の知識は間違ってなかったんだ」

シャノンはニコリと笑う。

「でも……結局、ドラゴンの胃の中でも死ねなかったかあ。我ながら凄い不老不死っぷりだ」

シャノンは大きなため息とともにがっくりと項垂れる。

「ドラゴンなんて千載一遇のチャンスだと思ったんだけどな……数百年ぶりだったし」

本当に残念そうに呟くシャノンに、カイルは質問する。

「あのさ、ドラゴンの胃の中ってどうだったの？」

「ただのお風呂みたいだったよ、ちゃぷちゃぷってね」

「感覚おかしいよそれは……」

「今度一緒に入ってみる？」

シャノンは悪戯っぽく笑いながら言う。

「いや、普通は死んじゃうから……」

「それは羨ましいね」


翌日、シャノンは村を出た。

大きく手を振り、また会おうねと叫ぶカイルに手を振り返す。

次にこの村に来るのは、何十年、何百年も後になるだろう。その時にはまたこの村の形は大きく変わっているはずだ。以前来た時はまだ村がなかったのと同じように。

世界を巡り、不老不死の身体を使ってまたどこかで人助けをする。

――なんて高尚な志などなく。ただ純粋に、自分の〝死〟を追い求める旅がまた始まる。

「さて、次はどうやって死んでみようかな」

シャノンは東へ向けて歩き出した。

二章　オーバードーズ

'Shannon craves for mortality'

「はあ、はあ、はあ………」

息も絶え絶えに、金髪の少女は汗をぬぐい、一人その広場に佇んでいた。

数時間に及んだ魔法による戦いは、彼女の勝利で幕を閉じた。

しかし、そんなどちらが勝者かなどということはお構いなしに、至る所から煙が上がり、空が赤く染まっていく。

間に合わなかった。

逃げ惑う人々の悲鳴と怒号。それは、一つの街の終焉だった。

彼女は一人高いところからその惨劇を見下ろす。

サーッと血の気が引いていき、高鳴る自分の心臓にそっと手を添える。

普段ここからの眺めは絶景で、彼女はよくこの場所で街の人々の営みを観察していた。

それが今や、この有様だ。

無意識に、ごくりと唾が喉に流れ込む。

もう、終わってしまったのだ。何もかも。

「――――」

　声がした気がして、振り返る。

　そこには、グレーの髪をした長髪の男が、口から血を流しこちらを見つめていた。その顔は、悔しそうに歪んでいる。そしてゆっくりと、その瀕死の身体で最後の力を振り絞り、彼女を指さす。

　まるで、何か呪いを刻むかのように。

「師匠……ここまでして、何で……」

　男は、静かに微笑んだ。

　燃えゆく街は、もうどうすることもできなかった。

　空に浮かぶ巨大な魔法陣は、その役目を終え塵となって消えていく。

　これは全てが終わった日であり、そして、全てが始まった日でもある。この光景を忘れることは決してないだろう。この先、何百年、何千年生きたとしても、その脳の一番深いところに、傷のように刻み込まれるのだ。それを、自分の業として。

　すると、次第に音が遠のいていく。

　周りの景色が、まるで流れ星のように後方へ流れていき、視界が次第に歪みだす。

　遅れて、ふわっと身体が浮かび上がったような感覚。暗転。

「お――……きろ……て。おい――」

耳元で聞こえる男の声。次いで、トントンと肩を叩かれた気がして、そこで薄っすらと目が開く。

目の前にはさっきまでの街はなく、ただ薄汚れた馬車の壁があった。そこでようやく、さっきまでのが夢だったことに気が付く。

「おい、起きろって」

隣から男の声がまた聞こえ、同時に肩を揺すられる。

シャノンは目をごしごしと擦りながら、右肘を掴み、ぐぐっと上へ伸ばす。

「んん……ふぁあ、私もしかして寝ちゃってた？」

自然と欠伸が口から洩れる。

「もしかしてもクソもねえぜ」

男はぶっきら棒に言う。

どうやらいつの間にか眠っていたらしい。

「そりゃもうぐっすりだぜ。暴れるだけ暴れて俺たちを足に使うくせに無防備に寝るんだからよ。まったく、そんだけ安心して寝られちゃ手も出せねえよ」

男は悔しそうにケッと口を尖らせる。

「そろそろ着くぜ。エルドアだ」

「エルドア……あぁそっか、私エルドアに行きたかったんだっけ」

「おいおい、勘弁してくれよ！　あんたが行きたいって言うから乗せてやってんだろ⁉」

男は両腕を大きく広げ、いかに自分の主張が正しいかをアピールする。

しかし。

「え～、何か勘違いしてない？　あなたたちは盗賊。本当だったら騎士に突き出すところだよ？　見逃してあげてるのは私なんだからね」

「うぐっ！　そ、それは……」

眉を八の字にし、男は悔しそうに唇を嚙みしめる。

襲い掛かったのがシャノンだったのが運の尽きだ。

エルドアへのんびりと徒歩の旅をしていたシャノンに目を付け、あわよくばと襲い掛かった。

だが、彼らはあっさりと返り討ちにあい、いくつかの所持品をシャノンに検められ、さらにはエルドアまで乗せていけという命令をされていたのだ。

「だ、だってよ、魔法使いがそんな道端を歩いてると思わねえじゃねえか！　あんたはか弱い少女だろどう見ても！」

「そうだよ、私はか弱い少女だよ？　どうする、もう一回力ずくで言うこと聞かせてみる？」

ニヤニヤと笑うシャノンの笑顔に、男はぶるっと身震いする。

「誰がするか！　もうこっちは怪我人が出てんだよ！　エルドアはもうすぐだから是非大

人しく乗っててくださいお願いします!!」

「わーい、やっさし〜！」

シャノンは両手を合わせ、身体を左右に揺らす。

それを見て、男はがっくりと項垂れる。

外は日没。地平線の向こうでは、太陽が赤く燃えている。

だが、その赤はあの夢の中の赤とは大違いだ。

しばらくして、馬車が城門を潜る。瞬間、賑やかな声が辺りから聞こえてくる。

「うわ〜、お祭りだ！」

シャノンは馬車から身を乗り出し、キラキラした目で外を眺める。

至る所に出店や露店が並び、道行く人は手にお菓子やらお肉を持ち、楽しそうに店を回っている。

通りの上の方には、建物から建物へ紐が掛けられ、そこには色とりどりの旗が括りつけられている。さらに、どうやら詩人や演奏家もいるようで、人ごみの中からは陽気な音楽が流れてきている。

通りを彩る明かりが、薄暗い日没の街をキラキラと照らしている。

「エルドアの豊穣祭さ。七日間続く一大行事だぜ、知らなかったのか？」

「そういえばそんな時期だったね。それにしても本当に賑やかだね。エルドアは相変わらず陽気な街だなあ」

「はは、楽しそうなもんだぜ。まあおかげで俺たちも仕事にありつける訳だが……っと、ここまででいいだろ」

男が御者に合図を送ると、馬車はゆっくりと停止する。

この辺りは宿屋街だ。

「ついたぜ、魔女っ子」

「うん、ありがとね」

「感謝される謂れはねえ。さっさとどっか行け、魔女にカモられたとあっちゃ俺たちはイメージダウンだ」

「あらら、悪党稼業も楽じゃないね。それじゃ、またね。なるべく悪事はしない方がいいよ」

「誰に向かって言ってんだよ。……まあ、もう若い女を狙うのはこりごりだがな」

そう言って、馬車は来た道を戻っていく。

シャノンが手を振って見送ったが、男は振り返らず去っていった。

「さてと。どうしようかな。まずは宿探しからか」

シャノンはとりあえず宿屋街を歩く。

久しぶりの大きな街だ。祭りの期間ということもありとにかく人が多い。

小さな村だと旅人は目立つから、いろんな人からよく声をかけられていたが、これだけ大きな街となるとそうはいかない。多少はローブやら杖(つえ)やらを見て興味深そうに振り返る人はいるが、話しかけられるところまではなかなか至らない。

人の往来が激しく、旅人が訪れるなんて当たり前。一人の旅人に注目するような人などいない。目立つとしたらそれは犯罪者くらいなものだ。

少し寂しいような気もするが、だがこれはこれで街に溶け込めてる感じがして嫌いではない。目立つというのは、良くも悪くも溶け込めていない証拠だから。

シャノンは舗装されたレンガ造りの道を歩きながら、良さげな宿屋を探す。

しばらく野宿が続いていた。毎日水浴びをしていたし、石鹸(せっけん)も大量にため込んであるから身体が綺麗だと自負はしていたが、それでも野外で生活するというのはそれだけで、ある程度は汚れてしまうものだ。

試しにローブの襟元を掴んでクンクンと匂いを嗅いでみると、何とも言えない匂いが漂ってくる。

「うへえ……さすがに女の子としてはしっかり休めるところで身も心も清めたいよねえ」

宿としての理想の条件は三つ。

一、一人部屋。二、ベッドが清潔。三、お値段お手頃。

そう、何を隠そう、現在シャノンは金欠だった。

しばらくまとまった仕事をせずにフラフラと村や里を旅して回っていたため、お金を稼ぐ当てがなかったのだ。

その日暮らしで凌いでいたせいで、お金を使う機会がそんなになかったというのもある。

だから、あまり高価な宿は望めない。とはいえ、長期滞在するにしても仕事がなければ始まらないし、仕事を始めるには泊まるところがないと始まらない。

一旦初日は安さを妥協して、稼ぎ口を見つけてからその報酬に合わせてダウングレードしていけばよいかもしれない。

「うん、そうしよう……！　今日は豪勢に休むぞ！　明日以降は明日のシャノンちゃんにまかせましょう」

そう言ってしばらく歩き、シャノンは良さげな宿を見つける。

少し路地に入ったところにある穴場的な宿で、さすが祭りのシーズンだけあり、最後の一部屋だった。

シャノンはローブのポケットからなけなしのコインを払い、とりあえず二泊を確保する。

背水の陣だ。明日か明後日には稼ぎ口を見つけないと、すぐこの街を離れる羽目になる。

とはいえ、それほど焦ってはいなかった。

魔法使いともなれば、仕事には困らない。いわゆる専門職だし、代わりがきかないのだ。

きっとこの街の職業斡旋だったり、求人の掲示板なんかを見ればすぐ仕事も見つかるだろう。

恐らくこの街にも魔法使いは最低一人はいるだろうし、いざとなれば何か手伝おうかと声をかければ、ある程度まとまったお金は稼げるはずだ。

シャノンは部屋に入ると、とりあえず荷物を放り投げ、ベッドにダイブする。

ポワンと跳ね返り、そしてゆっくりと身体が沈んでいく。

まるで天国だ。土のベッドや揺れる木の板の上とは大違いだ。

「ん〜〜〜〜!! 気持ちいい〜!! 最高！」

シャノンはぐぐぐっと伸びをし、ベッドの上でもぞもぞと寝心地の良いポジションを探す。

仰向けになり、ローブやシャツ、ショートパンツを脱ぎ捨てる。

「明日から……明日から頑張ろう。今日は寝ちゃおう……」

そうして、シャノンはベッドに入ってものの数秒で眠りに落ちた。

街の探索は明日からだ。

翌朝。

「ふんふん…………おいひい!!」

シャノンはグッと親指を立て、酒場の店主にそのおいしさを全力でアピールする。

アツアツの卵焼きとベーコン、それに焼き立てのパン。シンプルだが、朝食にはパンと相場が決まっている。

ここは大通り沿いにある酒場で、朝からお腹を満たしに来た旅人やこれから仕事へ向かう人たちでそこそこ賑わっている。

右手でパンを掴み、左手で宿屋の店主から貰った地図を眺める。

さて、どこへ行けば仕事にありつけるか。どこかに求人の掲示板でもあればいいのだが。

「嬢ちゃん、魔法使いかい？」

隣の席に座るお爺さんが、新聞越しにこちらを見つめながらそう話しかけてくる。

歳は六十歳くらいだろうか。白髪交じりだが、まだまだ元気そうだ。

「ん？　うん、そうだよ」

シャノンはパンをモグモグしながら答える。

「やっぱりか」

お爺さんは嬉しそうに目を細める。

「ローブなんて久しぶりに見たのう」

「可愛いでしょ」

その場でローブの裾を持ち、ヒラヒラと泳がせてみせる。

「いい、素晴らしい。やはり女子はローブに限る！　それにショートパンツという健康的な恰好、これはまた……」

お爺さんはまじまじと脚を見つめてくる。

どうやらただ年老いた男ではないらしい。心は少年のままだ。

まあ、シャノンに比べればひよっこもいいところなのだが。

「これであと十年は生きられる」

お爺さんはまるで祈るように呟く。

「ええ、大げさじゃない？　これで寿命延ばしちゃったか」

「本気じゃ！　ありがとうとだけ言っておくよ」

お爺さんはふっふっふと笑う。

まあ、ちょっと癖があるけど悪い人ではなさそうだ。手を出してくる訳でもないし。

「ねえ、お爺さん。聞いてもいい？」

「何じゃ？　お礼に何でも答えるぞ」

「やった。ねえ、この街に魔法使いっている？　私以外で」

すると、お爺さんは渋い顔をする。

「いるにはいるが、男だから興味ないのう。しかも研究メインの魔法使いじゃから、あまりこちらにメリットはない」

「へえ、そうなんだ。研究かあ……あまり当てにできなそうだな」

魔法使いは街に居着くことが多くなった。

昔は新たな魔法の研究や実験をする魔法使いが多かったが、数が少なくなるにつれ魔法を極めるという魔法使いは減り、いかに街の中で居場所を見つけるかという方が大事になってきた。

だから魔法使いは、例えば魔法で魔物を倒しながら冒険をする冒険者になったり、魔法で雑務をこなす何でも屋になったり、薬学の知識を使って魔法の薬屋になったり、いろいろと生き方を模索しているのだ。

「お爺さんはずっとここで暮らしているの？」

「あぁ。もうずっとエルドアで暮らしとる。あんたも、祭りに参加しに来たくちか？」

「ううん、祭りはたまたまだよ。結構賑わってるよね」

窓の外を見ると、外には祭りを楽しむ人たちの人だかりが見える。

「そりゃもう。この街の人口が十倍になった気分だ。わしはこの祭りのためにこの歳まで生き続けていると言っても過言ではない」

そう言い、お爺さんは笑いながら自分の髭（ひげ）を撫（な）でる。

「そんなに良い祭りなんだ」

名前は知っていたけれど、実際に祭りのシーズンにエルドアを訪れたのは初めてだった。

何百年旅をしていようとも、意外とタイミングが合わないということはよくあることだ。

それだけ世界は広い。

「あぁ……毎年美女コンテストが行われるんじゃ。今年一番のエルドア美女を見届けるまでは死ねん」

「うわ、凄い煩悩だった。もっと真面目な話かと」

「わっはっは！　祭りに真面目もクソもあるか！　お嬢ちゃんも見たところなかなか良い身体をお持ちだ。どうだ、飛び入り参加とか――」

「えー、まあ時間があったらね」

「ふっふ、期待しておるぞ」

お爺さんはにやにやとしながら新聞に視線を戻す。

「ねえねえ、それよりさ。私、仕事探してるの。お爺さんどこか仕事があるところ知らない？」

「そうじゃな。ホーキット通りの騎士団支部の前に、求人の掲示板がある。あそこはこの街で何か困りごとがあれば、依頼書を貼り出すところだ。もしかしたら、お嬢ちゃんが気に入るような求人が出てるかもしれんな」

「ホーキット通り……あった！」

シャノンは広げた地図からお爺さんの言う、通りがあるのを見つける。

「ありがと、行ってみるよ」

「気にするな。久しぶりに魔女っ子を見られたお礼じゃ」

「あはは、本当好きだねえ。長生きしなよ。じゃあまたね、お爺さん」

そう言って、シャノンは掲示板を目指して酒場を後にした。


ホーキット通りは、大通りをまっすぐ行き、商業地区を抜けた先にある。

つまり、祭りの真っただ中を抜けていくことになる。その人通りは尋常ではなかった。

「おぉ～人が凄いなあ」

シャノンは段差の上に乗り、つま先立ちをして通りを眺める。

見渡す限り人の頭。

その人の多さに、思わず感嘆の声が漏れる。

昨日の夜エルドアに着いた時も凄かったが、昼はそれの比じゃないくらいの人出だ。

話を聞くと、祭りは七日間開催されており、今日は三日目。祭りはあと五日開催されるという。

「ん……美味(うま)い！　めっちゃジューシーなお肉！」

出店で買ったお肉が四つ刺さった串を頬張(ほおば)り、溢(あふ)れる肉汁を飲み込みながら目をキラキラと輝かせる。

至る所から美味しそうな匂いが漂い、自然とお腹が空いてくる。

長い人生の中、食というのはいつの時代でも不変な楽しみだ。

シャノンはモグモグと口を動かしながら、人の流れに逆らわずに緩やかな上り坂をゆっくりと進んでいく。

前方に見える空を二分するように、尖り屋根の建物が聳え立っている。あれが騎士団支部。

両脇の建物で空が狭いせいか、より一層騎士団支部は高く見えた。

お爺さんの話だと騎士団支部の前に依頼の貼られた掲示板があるはずだ。何か丁度良いのがあるといいんだけど。

しばらく流れに身を任せて歩いていくと徐々に人通りが少なくなり、アーチを抜けたところで大通りが終わる。

周囲の視界が開け、ようやく落ち着いてのんびり歩けるようになった辺りで――。

「ひいいいいいい！」

不意に横の路地から激しい悲鳴が聞こえてくる。

「んん？　悲鳴？」

まるで命乞いのような、絞りだした声。こんな街中で？　と思いながらも、シャノンは肉をモグモグと咀嚼しながら、チラッとその路地を覗き込む。

薄暗い路地には木箱や空き瓶が並べられており、表通りとは違い少しじめっとした空気が漂っている。

その路地の奥に、仁王立ちする男とその目の前で膝をつく青髪の男がいた。

「す、すみません……すみません！」

青髪の男は今にも泣きだしそうな顔で、鼻水を垂らしながら男の前で両手を地面につけている。

何やらただごとではない様子だ。

シャノンは面白そうだと、興味本位で路地へと入っていく。

仁王立ちした眼鏡の男は、冷静な声色で諭すように言う。

「あのさ、先生。お金はしっかり返してもらわなきゃ困るんですよ。もう期限はとうに過ぎてるんですから」

「い、いやですからね、あの、今手持ちが……！」

「それを用意するのが借りた人間の責任ですよね？」

眼鏡の男は淡々と言葉を連ねる。

その口調は至って紳士的だが、雰囲気からは怒りを感じる。

「あ、あはは……そ、そうなんですけどこちらにも事情が――」

瞬間、眼鏡の男は横に積まれた木箱を思い切り蹴り飛ばす。

その激しい音を聞いて、青髪の男はびくっと身体を跳ね上がらせる。

「先生の作ろうとしているお薬。私たちはそれに可能性を見出してお金を貸しました。ですが……もう半年ですよ、あの熱意の籠ったプレゼンは嘘だったんですか？」

「い、いや、決して嘘では……」

「お金が返ってこないというのなら、他のものを取り立てるしかないんですよ。私たちも慈善事業ではないのでね」

眼鏡の男は青髪の男の胸倉を摑み、ぐいっと自分の方へと引っ張る。

「うっ」

そして腰のベルトからナイフを取り出すと、慣れた手つきでそれを首元に近づける。

「ひ、ひぃ！　ゆ、許してください何でもします！」

「じゃあお金を返してくれますか？」

「だ、だからお金は今ないんですって！　ぜ、全部素材に使っちゃって……！　も、もう少しだけ待ってください！」

必死の弁明に、眼鏡の男はニコリと笑う。

それに釣られて、青髪の男も笑う。

「やっぱり死んでもらうしかないですね」

「笑顔で言うことじゃない！　助けてくださいいいいい!!」

しかし、眼鏡の男は表情一つ変えず、ナイフを持った手を振りかぶる。

「では、さようなら」

「ちょ、まっ――」

「ストップ!!　ストップ！」

シャノンはそこで声を張り上げると二人の前に飛び出し、バッと両手を二人にかざす。

突然の少女の登場に、男たちは唖然とした顔で固まる。

「へ……？」

「……どちら様ですか？」

眼鏡の男は怪訝な顔をし、そのナイフをピタリと止めこちらを見る。

シャノンはモグモグと肉を噛み切ると、何とかゴクンと飲み込み、口を開く。

「お兄さんさあ、人殺しは駄目だよ」

オールバックに鋭い目つき。眼鏡をかけた厳つい顔。

近くで見るとどう考えても裏社会の人間だ。

一方で、未だ胸倉を摑まれている青髪の男はお兄さんというよりはおじさんに片足を突っ込んでおり、眉を八の字にして情けない顔でこちらを見ている。

「私も本当は殺したくないんですよ。汚れますし。ですが、お金が返ってこないなら仕方

「そんな単純なら私たちはとっくに消えてますよ。見逃してあげますからさっさと消えてください」

「あのさあ、そうやって殺してたら誰も借りてくれなくなっちゃうよ？」

ない」

眼鏡の男はふぅっとため息をつき、青髪の男に向き直る。

しかし、もう終わったと思った男をよそに、シャノンは言葉を続ける。

「いやあ、さすがに見ちゃったら見逃せないよ。このおじさんいくら借りてるの？」

「さ、三百五十万……」

青髪の男は苦しそうに言葉を絞りだす。

「うわ……思ったより多い……」

三百五十万ガル。それだけあれば一年は食い繋げる。

一体何に使ったんだろうか。そんな大金を。

「せ、製薬に必要なんだ……！」

「聞き飽きた言葉ですよ。結局薬は完成しなかった」

しかし、その言葉を青髪の男が訂正する。

「いや、もう少しなんだ！　ま、魔法使いの助けさえ借りられれば……！」

「魔法使い？」

「あぁ！　依頼書を掲示板に貼りに行くところだったんだ！　魔法使いが来てくれれば、きっと薬は完成する！」

しかし、眼鏡の男は呆（あき）れた様子でまたため息をつく。

「魔法ごときでどうにかなるものではないと思いますけどね」

「あの死人も出かねない副作用は……魔法使いの知恵があれば何とかなるかもしれない……！」

「死人も出かねない副作用……!?」

瞬間、シャノンはきらっと目を輝かせる。

それは、願ってもない効果だ。シャノンにとって、食よりも興味があることだと言っても過言ではない。

「魔法使いはきっとこの祭り期間なら一人くらい来ているかもしれないんだ、だからもう少しだけ時間を――」

「そんな世迷言（よまいごと）を……」

「はい！　はいはい！」

シャノンは手を上げ、大きな声を上げる。

「いい加減うるさいですよ。死にたいんですか？」

「私、魔法使いだよ」

「……はあ？」

「ほ、本当か⁉」

シャノンはニコリと笑みを浮かべて頷く。

しかし眼鏡の男は深いため息をつく。

「……大人をバカにしていますか？　そんな都合よく現れる訳がないでしょう」

「え、信じてくれないの？」

シャノンは不思議そうに首をかしげる。

おっかしいなあ、とローブをヒラヒラさせてみる。だが、眼鏡の男はそれで魔法使いとは認めないようだ。

「ローブ……確かに見た目は魔法使い……！　君は……」

「いい加減にしてもらいましょうか。私は冗談が嫌いです。少し痛い目を見る必要があるみたいですね」

眼鏡の男はその矛先をシャノンに向ける。

魔法使いを語る邪魔者である少女が、いよいよ煩わしくなったようだ。

青髪の男を突き飛ばすと、拳を握り込み、間髪入れずに拳を振りかぶる。

「眠っていてください」

素早い右ストレートが、シャノン目掛けて放たれる。

瞬間、ドサッ!!　と鈍い音が響く。

「……ガハッ！　なっ……」

「そんな女の子になんてこと——……ってあれ？」

地面に仰向けに倒れ込んでいたのは、シャノン——ではなく、殴りかかろうとした男の方だった。

シャノンは構えの姿勢から元に戻ると、パンパンと手を払う。

「ふう、まったく。女の子の一人旅なんて護身術くらい身につけてるに決まってるでしょ。それにしては呆気なさすぎだけど」

「護身……じょ……冗談だろ……ッ！」

男は苦しそうにお腹を押さえながら、顔をしかめる。

「この殺人パンチの……どこが護身……だっ！」

「あ、魔法で倒せばよかったのか。そうしたら信じてもらえたのに」

そう言って、シャノンは太もものホルダーから杖を取り出すと男の頭に近づける。

「魔法使いの……杖……」

「うーん、どうしようかな。頭をぐしゃぐしゃにする魔法とかで一気にいく？」

「!?　ちょ、まっ——」

「あ、それとも聴覚と視覚を奪って暗闇の中で反省してもらうとか……？」

「い、いやいや……！　待て待て！」

眼鏡の男は怯（おび）えた様子で震えだすと、生まれたての小鹿のように足を震わせながらなんとか立ち上がり、後ずさりながら距離をとる。

「わ、わかった。も、もう少しだけ返済は待ちましょう。ですが、必ずお金は返してくださいよグリム……！」

言いながら、眼鏡の男はそそくさと逃げ帰っていく。

どうやら自分がただの護身術で倒されたことで、シャノンが本当に魔法使いである可能性に怯えたようだ。

「大丈夫？　あぁあぁ、服よれちゃってるよ」

シャノンはふぅとため息をつくと、青髪の男――グリムに手を差し伸べる。

「あ、あぁ……ありがとう」

グリムは申し訳なさそうにシャノンの手を掴むと、ゆっくりと立ち上がる。

そして、土埃（つちぼこり）をはらい襟を正すと、眼鏡の男が去っていった方を睨（にら）みつける。

「ふん！　逃げていきやがったかチンピラめ。臆病者が、二度と来るな！」

グリムは顔をしかめ、ケッと吐き捨てる。

「ええ……ださっ！　いなくなった途端、急に強気？」

「ふん！」

「………」

シャノンは少し助けたことを後悔しつつ、呆れて肩を竦める。

「そもそもさあ、お金借りて返さないあなたが一番悪いと思うんだけど」

「い、いや！　確かにそうだが……私の研究は大事なんだ！　今もベッドで苦しんでいる子がいるんだ……一刻も早く薬を作らないと」

グリムは悲しげに俯く。

その顔は、小物のような態度とは裏腹に、嘘を言っているようには見えない。

どうやら人を助けたくて薬を作りたいという気持ちは本物のようだ。少し性格は難があるようだが、悪人という訳ではないらしい。

「ねえ、グリムさんの薬は副作用が酷いって本当？」

「ん？　あぁ、マウス実験でだが、痙攣、嘔吐、下痢を引き起こして、ものの数秒でお陀仏だったよ。我ながら恐ろしい、毒薬作りの方が得意そうだ。お手上げだよ」

「お陀仏……いいね！」

シャノンは目をキラキラと輝かせる。

薬による副作用での死。それは盲点だった。

「いいねって……こちらとしては何も良くないんだけど？」

「まあまあ。ねえ、私魔法使いだし手伝わせてよ」

　はいはい！　と手を上げて立候補する。

　すると、グリムも思い出したかのようにポンと手を叩く。

「そうだ、そうだった！　君が魔法使いってのは本当なんだろうね⁉」

　必死なグリムに、シャノンはニコリと微笑んで頷くと、グッと親指を立ててみせる。

「もち」

「こりゃ運が良い……！　報酬はもちろん払う。まあ、借金したお金からだから痛い出費だけど……背に腹はかえられん。私はグリム。この街で薬師をやっている」

　グリムが差し出した手を、ぎゅっと握り返す。

「よろしく。私はシャノン」

「シャノンか、よろしく。じゃあ早速来てくれ、患者に会わせたい。その後、今の状況を説明させてくれ」

「こんにちは、先生」
　寝間着を着た少女が、ベッドに横たわりこちらを見ている。
　長い黒髪の少女だ。
　顔色が悪く、頬は少しこけている。

「やあリリィ。調子はどうだい？」

グリムは少女――リリィの額の髪の毛を払い、おでこを触る。

「はい、まあぼちぼちです」

そう言って、リリィは少し力なく笑う。

ベッドの周りには飲み物や食事、沢山の着替えが並んでいる。恐らく、このベッドから出るのも難しいほど身体(からだ)が重いのだ。

「あの、そちらの方は……？」

「あ、私？　私シャノン。旅の魔法使いだよ」

「魔法使いさん……!?」

リリィは目を輝かせ、こちらを必死で見上げる。

しかし、身体は思うようには動かないようだ。

「そうだよリリィ。君の病気を治すために力を貸してもらうんだ。きっと彼女が来てくれたからには大丈夫だ。安心してくれ」

そう言って、グリムはリリィの手を握る。

「ありがとう……先生。楽しみにしてる」

そうしてグリムはもう一度リリィを寝かせると、部屋を後にする。

とてもじゃないが、元気には見えない。リリィなりの気遣いとして、平気な振りをしているようだった。

部屋を出ると、グリムは神妙な面持ちで説明する。

「彼女はリリィ・クラベル。私の患者だよ」

「リリィちゃんか。可愛い子だね」

はかなげな可愛さを持つ少女。今にも消えそうなその感じが、より一層可愛さを際立たせているのかもしれない。

シャノンにはない、消えゆく者の美しさだ。

「彼女は数年前まで天真爛漫で、元気が取り柄の少女だったんだ。でも、とある病気が彼女をあの部屋に閉じ込めた」

グリムは悲しそうに俯く。

「あの感じは、〝サルエナ〟かな?」

その言葉にグリムが勢いよく顔を上げる。

「わ、わかるのか!? 今はもう殆ど稀な病気だけど……」

「まあね。伊達に長い間旅してないよ」

シャノンはニヤリと口角を上げる。

「最近でも、何人か見たよ。まあ、みんな死んじゃったけど」

「そうか……最近……。まだ至る所でこの病気と戦っている人がいるんだね」

〝サルエナ〟は、この時代において不治の病とされる奇病だ。

ゆっくりと身体の生気が奪い取られ、次第に身体が動かなくなっていく。そして、最後には息もできず夢から覚めることなく必ず死に至る。咳や嘔吐、下痢などの症状は現れず患者にとっては苦しみが余りないのが救いだ。だが、その症状のなさが初期の治療を妨げてもいた。とにかく、恐ろしい病だ。

リリィの進行度合いがどれくらいかはわからないが、ベッドから動けないところを見るとかなり進行しているようだ。もって一か月といったところか。若いほど進行も早い。

「サルエナを知っているなら話が早い。こちらへ」

グリムに連れられ、シャノンは地下の研究室へと通される。

薄暗い個室の中には薬品や薬草、獣の牙や皮、血など様々なものが保管されている。数多の実験が繰り返された痕跡がある。ここで、グリムは何度も挑戦してきたのだろう。薬の開発に。

グリムは奥の棚を開けると、中から一つの瓶を持ってくる。

「これが現段階の試作薬だ。けど、これは副作用が強すぎる。だから人間にはまだ試していないんだ。動物実験は繰り返しているが、全く駄目だ。結果がわかる前に死んでしまう」

グリムはため息をつく。

「そして、こっちがユニコーンの角。私がこの病気の治療に役立つと踏んで買ったんだが……」

そこでシャノンは合点がいく。

「なるほど、それで借金ね」

グリムはしょぼんとした顔で頷く。

「一グラム当たり五万ガル。希少すぎて値段が法外になってるんだ……。財産全部と借り受けたお金を合わせて何とか百グラム用意したけど……結果はご覧の通りだ。私には才能がないらしい。この調子だと薬ができる前にあの子の命は尽きてしまうよ」

「ユニコーンは滅多に現れない奇獣だからね。私も見たのは数回程度だよ」

「そうなんだ……。そこで、君に魔法使いとしての薬学の知識を貸してほしい。魔法使いには薬に精通している者が多いと聞く。君は見たところ若いけど……」

少し探るようにグリムはこちらを見る。

だが、心配には及ばない。なんてったって、こっちは何千年も生きている魔法使いなんだから。

「安心して、こう見えて結構経験豊富だからさ」

「そうか、ありがとう。なんだか君は信じられるよ。藁にもすがる思いなんだ。頼む！」

グリムは頭を下げる。

「もちろん。けど、報酬は貰うからね。私、今全然お金なくてさ」

スニーカー文庫２月の新刊

2023 2 February スニーカーNAVI

奪われる前からずっと、
「あなたのモノ」
ですから♪

新作

エロゲのヒロインを寝取る男に転生したが、俺は絶対に寝取らない

みょん　イラスト／千種みのり

KADOKAWA NEW BOOKS INFORMATION

スニーカーNAVI（2023年2月1日発行）発行：株式会社KADOKAWA
〒102-8177東京都千代田区富士見2-13-3
電話：0570-002-301（ナビダイヤル）
イラスト／千種みのり（「エロゲのヒロインを寝取る男に転生したが、俺は絶対に寝取らない」より）
Art Direction／AFTERGLOW

残念、また
のシャノン
れてみた
不老不死の魔女シャノンは今日も元気ハツラツに自分が死ねる方法を探して旅していた。「うん、あのドラゴンに食べられたらきっと死ねるよね！」
これってもしかして……
俺に甘えているのか？
新作
無口な小日向さんは、なぜか俺の胸に頭突きする
心音ゆるり　イラスト／さとうぽて
超無口な美少女・小日向さんを助けたら俺だけ異様に懐かれた！「それ甘えてるの？」「……（コクコク）」小日向さんは何も話さない。でもその代わりにぐりぐり小さな頭を押し付けてくる姿は――少しだけかわいい。
負けヒロインを決めるのは俺。
振ること前提の勝ち確ラブコメ！
新作
絶対に俺をひとり占めしたい6人のメインヒロイン season1.さて、誰から振ろうか？
石田灯葉　イラスト／緋月ひぐれ
よわどら著者新作！
俺の知ってた「魔法」と随分違うんだが？
新作
990年後に復活した最恐魔王、人類殲滅を決意する。
※ただし人類は衛星照準型レーザー兵器で待ち構えています
榎本快晴　イラスト／凍咲しいな
勇者との戦いに敗れ千年の眠りについた魔王が予定より十年早く目覚めると……人類は超進化した軍事装備で待ち受けていた！勇者と勘違いされ祭り上げられた元魔王は決意する。こんな人類、やっぱり滅んだ方がいい。

「あぁ。薬さえできれば、後はどうなったっていい。必ず払うよ。それに、泊まるところがないならこの家の二階を使うといい。私とリリィだけだと広すぎるんだ」

エルドアの街から出て、東に進んだ先にある小高い丘に立つ地下一階、地上二階の一軒家。そこでグリムは、リリィの治療にあたっていた。

リリィは一階の角部屋に隔離されていて、グリムの部屋は玄関入ってすぐ左にあった。恐らく二階は物置なのだろう。

「えっ、じゃあ宿代ただ⁉」

「まあ、そうなる。ちょっと汚いけど」

ぴきーんと、シャノンの目が光る。

渡りに船とはこのことだ。稼いでいる間も宿代だけはかかり続けると思っていたが、住み込みとなればお金は大分浮く。

「よし、じゃあ契約成立！　よろしくね、グリムさん」

「ああ、よろしく、シャノン」

こうして、シャノンとグリムによる製薬が始まった。

〝サルエナ〟は特殊な病気だ。

症状はまるで体内のエラーのように内側で起こっているのに、なんと患者の体液で感染するのだ。つまり、これは伝染病だ。

そのため、患者であるリリィはこのグリムの研究所の医療室に隔離されているのだ。

「粉末状にしたユニコーンの角を調合すると、途端にどんな良薬もくそになる。てんで駄目なんだ」

グリムは目の前の調合途中の薬にユニコーンの角の粉末を投入し、その液体が禍々しい紫色に変色する様を見せてくる。

「うわ、見るからに身体に悪そう」

「あぁ……。どんなパターンの調合でも駄目なんだ。既に五十匹近くのマウスを犠牲にしたよ。もうお手上げで……。調合方法を調べたいがユニコーンの角は前例がなさすぎて」

グリムは悔しそうに顔を歪める。

「あのさ、ユニコーンの角の用途って知ってる？」

「用途？　いや、特には……。たまたまギャンブ――譲り受けた少量の粉末を試しに調合してみたら、一瞬だけマウスの体調が回復したことがあったんだ。それで無我夢中で探して取り寄せたんだ。正直本来の用途を調べるほど時間もなかったし……」

「ギャンブル……」

「た、たまたま誘われて！　い、いや今それはどうでもよくて」

「お金ないんだからさ、まったく……」

リリィを助けたいからお金をつぎ込んでいて借金までしているのかと思ったら、どうやらその点に関してはもともとがさつだったらしい。

「――で、本題だけど、ユニコーンの角って実は魔法使いの杖（つえ）だったり、貴族の観賞用の調度品とか食器になったりするんだよね」

　貴族の家に行けば、身分が高いほど高確率で存在する。今までそういう家で何度も見かけた。

「つまり金持ちの道楽だろ？　それくらいの知識はギリギリ持ってるよ。私もびっくりだよ、そんなものが薬として役立つなんて」

　グリムは自分が誇らしいのか、腕を組みうんうんと頷く。

「そそ。それで、そもそも数が少ないうえに、加工されたものしか出回らないし、買うのも金持ちだけだからあまり知られていないけど、実はユニコーンの角には毒があるの」

　と言うと、グリムの顔が引きつる。

「毒⁉　……いや、確かに言われてみれば毒……か。盲点だった、高級な何かにもなるものだし、そんな訳がないと無意識に排除していた可能性だ」

「ユニコーンの角自体、それを薬にしようなんて思わないほど高価だからね。毒があるって知ってる人もかなり少ないかも。けど、それ単体じゃそれほど強い毒じゃないから身体（からだ）に症状が出ることは稀。恐らく、調合の結果毒性が強化されているのは間違いないよ」

「なるほど……」

グリムはシャノンの言葉をサラサラとメモしていく。

既にそのメモには、毒を中和できそうな薬草や調合方法についての案が書き連ねられている。

案外グリムは優秀なのかもしれない。

「――よし、ありがとう！　視野が狭くなっていた。シャノンのお陰だ！　これならいけるかもしれない……！　考えすぎて頭が凝り固まっていたよ」

「いえいえ。でもここからだよ。調合してどうなるかは私にもわからない領域だし」

「あぁ。是非とも引き続き助手として手伝ってくれ！　早速いろいろ素材を買いに行こう！」

こうして、シャノンたちはユニコーンの角を安全に調合するべく、いろんな薬草を買い求めに行くのだった。

◇　◇　◇

「これなんてどうだい。東の方で使われる薬の素材だ。生薬って言ってね、これは葛黄（くずき）というものだ」

シワシワのお婆（ばあ）さんは、木箱に入った木の根みたいなうねうねとしたものを見せてくる。

「婆さん、これの効果は？」

「知らないよ」

「知らないのに売ろうとしてる⁉　ていうかこれ本当に薬の素材になるのか？　なんかゴミに見えるけど……」

グリムは汚いものを触るように恐る恐るそれを持ち上げる。

婆さんは丸めた背中を小刻みに揺らす。

「けっけっけ、あんた薬師だろ？　未知くらい自分で明かしな」

「正論のような暴論のような……いや、騙されるところだった、売りつけるならやっぱ知ってなきゃおかしいだろ⁉」

「おかしくないさ、正論だよ。買いたい奴が知ってればそれでいいんだ。じゃあ、会計しとくよ。他に欲しいものがあれば適当に持ってきな」

そう言って、お婆さんはグリムに断りもなく会計していく。

「これじゃあどんどん借金が増えるよ……」

「まあ、でもいろいろ試すしかないし、いい機会じゃない？」

「そうかな……？」

「私も生薬の存在なら知ってるし、試して損はないと思うよ」

「え、そうなんだ。てっきり詐欺かと。本当、魔法使いってのは博識だな」

「長く生きてるだけだよ」

するとグリムはその言葉を鼻で笑う。

「はは、私の半分も生きてないだろ君は。まったく。……それにしても、あまり沢山買っても全部試し切れるかはわからないな」

「何で？」

実験するなら、試行回数は大切だ。魔法使いだって、膨大なこの世界の情報から、取捨選択しつつ何度もトライアンドエラーを繰り返すのだ。それ以外に道はない。

「縛りみたいなもんだよ。……ユニコーンの角がもう残り少ないんだ。調合を試せて、使う量にもよるがせいぜいあと五十回ってところだ」

絶望的な数字に、グリムは頭を抱える。

すると、お婆さんが声を張り上げる。

「だからあと半年待てば、多少は入ってくる手はずだと言ってるだろうに！」

「駄目なんだよ半年じゃ……！　リリィは、半年も持たない！」

「じゃあ、残り五十回で作り上げるしかないね」

ぽんぽん、とグリムの背中を叩く。

「そのために私がいるんだし」

そう、助けられなければ、お金を貰ってまで協力している意味がない。

グリムはシャノンの顔を見ると、短く息を吐き、ぎゅっと目を瞑る。

「……………あぁ。もちろんそのつもりだよ……！　頼むよ、君を頼りにしてるんだ」

「まっかせて、魔法使いの力みせてあげよう」

「そうだ、それより、例の話は信じていいのか？」

　グリムが少し神妙な顔でこちらを見る。

「例の？」

「ほら、治験の話だよ。マウスで成功しても、結局、薬を完成させるには治験をしないといけない。人間相手の効果が立証できないから。けど、君に当てがあるって……」

　言われて思い出す。

　そういえば、目的はそもそもそれだった。

「あぁ、もちろんだよ！　安心して、私がしっかり用意するからさ」

　そう言って、ブイッと指を立てる。

「まあ、今は信じるしかないか」

　そうして、袋いっぱいの素材を買い込み、さらに高級なものを買わせようとするお婆さんから逃げるように素材屋を後にした。

　早速研究所へ戻り、調合を開始する。時間はもう殆ど（ほとん）ない。

　リリィのタイムリミット、ユニコーンの角の残量。気にしなければいけない制限は多い。

「とりあえず、シャノンの知識と私の経験を合わせていろんなパターンを試していこう

「……！」

「そうだね。まずは一般的な解毒薬に使われる素材の調合からいっとこうか」

「あぁ！」

グリムは慣れた手つきで調合し、試行錯誤を繰り返していく。

適宜薬草や、生薬の知識を披露してグリムに助言をしたり、なくなった素材や器具を買いに行ったりと、助手としての役割をしっかりと遂行していた。

もともとユニコーンの角が毒性を持つと知らなかったとはいえ、それなりに形になるまで作っていたのだから、やはりグリムという男は薬師としては優秀な存在だ。

とりあえず、報酬分は働かなくては。

調合は夜通し続けられた。

「ふぅ～、外の空気は美味(おい)しいな」

両腕を広げ、ぐぐっと伸びをする。ずっと地下に籠りっきりだから、室内でも地上階の空気は新鮮に感じられる。

「――っと、あら？」

視界の隅に、少女の姿が目に入る。

空気の入れ替えをしていたのか、治療室の扉が開いていたのだ。

「リリィちゃん起きてたの？」

不意に話しかけられ、リリィは顔を入り口の方に向ける。

「あっ、えっと……うん。シャノンさん……でしたっけ」

「そうそう、覚えててくれたんだ」

そっと室内に入り、ベッドに横たわるリリィの傍に寄る。

顔色はお世辞にも良いとは言えないが、辛さは今はそんなになさそうだ。

「ここに来る人なんて先生以外いないから、覚えられるよ」

そういえば、グリム以外の人間を見ていない。

この家自体も周囲に人が近づいてくる様子がない。

そもそも、リリィにとってグリムとはどういう存在なんだろうか。

「グリムさんってお父さん？」

すると、リリィがクスクスと笑う。

「違いますよ。先生は私のお母さんの幼馴染で……。お母さんがお願いして連れてきてくれたらしいです」

「へえ、なるほどねえ。そういう繋がりなんだ」

何かグリムらしい事情がありそうではあるけど、あまり深入りはしないでおこう。

「それでこの離れの家で治療と研究を始めたって訳ね」

「そうなんです。もう半年くらいここにいますよ……。お母さんも面会謝絶だし……まあ仕方ないですけど」

リリィは悲しそうに目を少し伏せる。

「大変だね。でも、もうすぐ薬できるからさ、あとちょっとの辛抱だよ」

「うん、ありがとう。ねえシャノンさん。シャノンさんって本当に魔法使いなの？」

「そうだよ」

言って、杖を出して魔法を出すそぶりを見せてみる。

それを見て、リリィは目を輝かせる。

「すごい！　じゃあ、本当に旅してるんですね」

「うん、そりゃもうあちこち」

「わー凄いなあ……！　私も旅してみたいなあ」

「興味ある？」

リリィは静かに頷く。

だが、その心は激しく興奮しているのがわかる。

「ずっと窓から外を見てるだけだから」

「じゃあ、治ったらまずどこ行きたい？」

「今は……お祭りに行きたいな……。すぐそこだけど、楽しそうですから」

リリィは虚ろな目で窓の外を見る。

虚ろだが、その目は羨望にあふれている。

〝サルエナ〟は原因不明の奇病だ。しかも、体液で感染する。

そこが厄介なところで、身体が動かなくなった患者を看病しようとすれば、それだけ感染者が増えていくのだ。

だから、一度〝サルエナ〟に感染した患者は山奥の廃屋に放置され、見殺しにされてきた。そうした非人道的な処置の果てに、この病気は急速に減少した。感染先がなければそもそも広がりようがない。

確か、パンデミックが起きたのは今から三百年ほど前だ。その地域にはいなかったが、流行していたのを覚えている。

そんな訳で、根本的な治療法を見つけようとする医者や薬師は殆どいなかった。そもそも治せる見込みのある者もいなかったし、人々の廃棄行動で、ほぼ絶滅した奇病だからだ。

リスクを負ってまで治癒法を追い求める者はいない。

「きっと行けるよ。来年にはさ」

「そうだといいなあ」

リリィは笑う。どうやら、気休めに言ったと思われたようだ。

シャノンはかなり前に手に入れた、ペンダントトップに旅の女神があしらわれたネックレスを取り出すと、そっとリリィの首の後ろに手を回す。

「そ、そんなに近づくとうつっちゃいますよ……」

リリィは目を細め、首を縮める。

そして、どうやら首の重みに気付く。

「あれ、これって……」

「なんかさ、旅に関する女神のネックレスみたいだよ。私つけないし、あげるよ」

「あ、ありがとう……ございます」

リリィは嬉しそうに弱々しい手でネックレスに触れる。

「大切にしますね」

「これできっと旅ができるよ、楽しみだね」

「はい……でも……」

しかしやはり、リリィの表情は暗い。

自分の身体だから、わかるのだろう。もうそんなに長くないことを。

だが。

「どうせもうすぐ治るんだからさ、気楽にいこうよ。とりあえず来年の祭り目標だね」

「うん……楽しみです」

そう言ってリリィは弱々しく笑った。

「やっぱりさ、薬を完成させるには治験が大事だと思うんだ」

シャノンがそう切り出す。

「もちろんそれが重要だ。でも、そうしたいのは山々なんだが、まだ毒性が強すぎて治験できる状況じゃない。だからまずこの薬の毒性を弱めるところから……」

シャノンの参加から二日、確かに調合の方向性は見えてきたが、その試行回数の上限の少なさや、そもそも一度も薬が作られたことのない病気ということもあり、あまり進捗はよくない。

そうこうしているうちに材料が底をつき、リリィのタイムリミットが迫ってくる。

「でも、一気に段階を進めないとこの条件じゃ厳しいよ」

「それはそうだけど……この薬で治験はあまりに危険すぎる！　死人が何人でることか……」

厳しい表情のグリムをしり目に、未完成の薬を手に取る。

シャノンの目的はそもそも死ぬことだ。今なら、それが叶（かな）うかもしれない。

シャノンは期待に目を輝かせていた。

「ねね、これ、私の身体で試さない？」

「は……？」

瞬間、グリムの顔が固まる。

目をぱちくりと高速で瞬(まばた)きし、眉間に皺(しわ)を寄せる。

「いや、いやいや……え、まさか治験の当てがあるって――」

「私のこと」

「なんでぇ⁉」

グリムは混乱した様子で頭を抱える。

「だ……だって、死ぬかもしれないんだぞ？　ここ数日で見てたと思うけど、本当に副作用が凄いんだぞ⁉　マウスの壮絶な死に様見てたか⁉　私は生まれ変わってもマウスにだけは転生したくないと神に誓ったほどだ！　だから……君が飲んだら死んじゃうよ。まったく、面白い冗談言うね、笑えないけど」

「でも、確実でしょ？」

ここで試さないといずれ薬から副作用や毒性が消えてしまう。試すなら今しかないのだ。

グリムは口をぎゅっと結び、悲しそうな目をする。

「……シャノン、君は優しいな、借金取りからも助けてくれたし。自分が死んでもリリィのためを思ってくれるって訳か」

「あーいや、そこまで高尚なことを言っているつもりはなくて……」

否定するシャノンだが、グリムはそれも謙遜だと思い込みまあまあとなだめてくる。

「気持ちはありがたいけど、副作用は本当に重いよ。無理しなくても、これまで通り知識を貸してくれればそれで……」

すると、シャノンはちっちっちと指を左右に振る。

まずい、このままだと本来の目的が達成できない。もちろんリリィを助けたいのもあるが、第一の目的は死ぬことだ。

「第一、サルエナに感染していない君が薬を飲んだところで毒性の有無しか確認できないし」

「！」

そのグリムのセリフで、シャノンの頭にピーンと名案が浮かび上がる。

そうだ、そこまですれば断れる訳がない。

「ねえグリムさん。確かにその通りだね。私がサルエナに感染しないと、意味がなかった」

「だろう？　だから君は――って、おいおいおい……どこ行こうと……」

シャノンはそっと地上階への階段に足をかける。

そして、にっこりと笑う。

「私、感染してくるよ。そして私の身体で試そう」

「そうそう、君が感染してくれれば――――って、はぁ⁉」

瞬間、グリムはまるで目玉が飛び出るんじゃないかというくらいに目を見開いて驚き、手に持っていた瓶を落としそうになる。

「バ、バカか君は⁉　サルエナは死の病だ！　薬が完成しないと君も死ぬことになるぞ⁉」

「そうだよ？」

「君も死にたいよな、そうだよな――んな訳あるか！」

「あはは、でも私は一回罹(かか)ったことあるし、死んでないよ？」

「なるほど、魔法使いだから――って冗談も休み休み言え！　私は感染した魔法使いの死者も知っている！　何が目的だ⁉　そんなに人助けに精を出すタイプなのか君は⁉」

しかし、シャノンは頭を振る。

「だってその方が手っ取り早いし、それにもう時間もないよ？　鬼になろう！」

シャノンは満面の笑みでグッと親指を立てる。

その姿を、グリムは具合の悪そうな顔で見つめ、手で顔を覆う。

「おいおいおい……頭どうかしてるのか君は⁉　はは……薬という成果のために君は私に人殺しになれというのか⁉」

「成果じゃなくてリリィちゃんでしょ？」

「……」

　と、グリムが沈黙した瞬間、シャノンはリリィの病室へと駆けていく。

「あ、おい！」

　シャノンはさっさとリリィの部屋に入ると、ベッドに横になっているリリィに近づく。

「あ、シャノンさん。このくれたネックレス――」

「ちょっと動かないでね」

「？」

「だからシャノン！　それじゃ――」

「⁉」

　それは、衝撃的な光景だった。

　腰を曲げ屈み込んだシャノン。その顔はリリィの正面で止まり、そして、リリィの唇に自分の唇をかぶせる。

　――キスだ。

「なっなっ……」

「んん……っ！」

　グリムは唖然として、わなわなと震えている。

　こんな人間見たことがないと。

「――ぷはぁ！　これで感染したかな？」

シャノンは、むふふんとした顔で自分の唇を舐める。

「わ、わわ……」

一方のリリィは顔を真っ赤にして、自分の唇を押さえる。

「あ、もしかしてファーストキスだった？　ご、ごめん……」

「い、いえそういう訳じゃ……」

「よかった。ねえ、グリムさん」

「な、なんだ？」

「これで私もサルエナの患者だよ。さ、治験始めよ」

狂気じみた発言に、グリムの顔も唖然としている。

だが、その可能性も理解していた。

「これなら確かにどんどん薬を試せるけど……シャノンの身体が……」

「あぁ、大丈夫だよ」

悲愴感漂うグリムに、シャノンは何ともない様子でニコリと笑う。そして。


「私、不老不死だから」

瞬間、沈黙。

まるで時が止まったかのように、その部屋の空気が微動だにしなくなる。

そして、最初に発された言葉は。

「はあ？」

だった。グリムは心底呆れたように顔を歪ませる。そして、思わず鼻で笑う。

「は、はは、何を言い出すかと思えば……。いやいやいや、脳が理解を拒否していたよ、人間って怖いな。私としたことがフリーズしてしまったよ」

「ええ、信じてくれないの？」

「そりゃ信じるも何も」

グリムはやれやれと頭を振る。

「いや、そりゃ君の心配させないための気遣いなんだろうが……いいか、私は腐っても薬師だ。不老不死っていうのが有り得ないっていうことは十分にわかってる。いくら魔法使いだとしても、その自然の摂理だけは崩せないよ」

そう言って、グリムはふんと腕を組む。

そう簡単に不老不死なんていう御伽噺が信じてもらえる訳がなかったようだ。

まあ確かに状況だけ見れば、不老不死だと言って心配させないようにしていると思われても仕方ないかもしれない。

「まあ、君の気持は嬉しいよ。さ、そんなことより本当に感染してしまったか検査するからこっちに来てくれ」

淡々と何事もなかったかのように研究室に戻ろうとするグリムに、シャノンはむーっと頰を膨らませる。

「もう、何で信じてくれないかなあ。グリムさんって結構石頭？」

「いやいや、普通自分を不老不死だなんて言う奴の言葉を素直に聞き入れる奴なんていないでしょ……。迷信好きの私のおばあちゃんでも鼻で笑うよ」

やれやれ、と呆れながらグリムは研究室へと向かう。

と、その腕をシャノンがぐいっと摑む。

「わっと！　な、なんだよ？」

「いや、信じてもらった方が絶対いいから、ちょっと来て」

「いやいや、だからいくら魔法が使えるからって不老不死は無理だって。それより感染してるかどうかの方が――って、おいおい何しようとしてんの!?」

グリムはシャノンの行動に目を見張り、声を張り上げる。

シャノンは机の上に載っていたナイフを手に取り、それを腕に添えたのだ。

「見ててよ」

「ちょ、ちょっと待て！　何がそこまでさせるんだ!?　そこまでしなくても――」

「よっと」

「あぁぁあああ！」

そのままナイフに力を入れ、自分の腕を傷つける。

ぶしゅっとナイフは腕に食い込み、一線に切りつけられた傷口から赤い血が垂れる。

「ああもう、血はあんまり得意じゃないんだって！　何やってんの!?　早く止血しないと！」

グリムは慌てて包帯や医療箱を引っ張り出してくると、物凄く焦った顔で駆け寄ってくる。

「ちょっと腕出して！　傷が……傷が――……あれ？」

グリムは眉間に皺を寄せ、顔をしかめる。

みるみると止血され、傷がふさがっていく光景がグリムの目に飛び込む。

その光景にグリムは目をぱちくりとさせ、唖然とする。

「治……っていく？」

切れてパックリと開いた傷口か、まるで逆再生のように元に戻っていく。

その有り得ない光景に、グリムは口をあんぐりと開ける。

「不老――はっ……いやこれは……回復魔法……？」

「そんな便利なのないよ。私、不老不死なの、これくらいの傷なんともないよ」

「いや……」

グリムは、ぐにっと自分の頬をつねる。

「夢じゃないのか……」

「ね、わかってくれた？」

グリムは唖然としたままシャノンの腕を掴み、傷口があった場所をなぞる。

そして、確かにそこにはもう傷はきれいさっぱりなくなっていることを確認すると、感慨深そうに顎をさする。

「……治ってる。何だこれ、本当に？」

その言葉に、シャノンは自信満々に頷く。

「不老不死……俄かには信じられないけど……」

だが、グリムは目の前で傷口がふさがっていく光景を見てしまった。

そんなものを見せられれば、いくら否定しても意味はない。

グリムはぽりぽりと頬を掻く。

「不老不死……か。これを見せられた、見せられたら、信じるしかない……ね」

「でしょ？　だから大丈夫なんだよ私はさ」

「……わかった。私も腹をくくったよ。どうか、私に力を貸してくれ……！　君の言う通り、もう治験してショートカットするしか道はないんだ」

「もちろん！　私の目的は別にあるけど、リリィちゃんを助けたいのは本当だしね」

「不思議な魔法使いだな、まったく」

「理解も得られたところで、とりあえず最新のやつ、試そうか」

シャノンは手に持った瓶を傾ける。

小さな瓶に、一口分の透明な緑の液体が入っている。

「いや、やっぱ無理に飲まなくても……」

「これで死ねちゃうかな？」

「物騒なこと言わないでくれよ！　人殺しになりたくないよ私は」

「大丈夫、一人死んで一人救われればチャラだよ」

「ドライな世界観だな……魔法使いって血も涙もないの？」

「まあまあ、冗談じゃん。敏感だなあ。私不老不死だし。じゃ、さっそくいただきまーす」

シャノンは全く恐れる様子もなく、むしろワクワクした表情でその薬を一気に飲み干す。

ごくり、と喉が鳴る。

「ああー!!　勢い凄(すご)いな君！　だ、大丈夫か!?　まだ心の準備が！」

グリムが慌てて駆け寄ってくる。

「んん……苦い」

「味はいいから、体調は!?」

「んー……なんか、特に――ぐっ⁉」

瞬間、シャノンは喉を押さえ、苦しそうに目を見開く。

そして、バタバタと両足をばたつかせる。

腕に筋が浮かび、体中が何か拒否反応を示しているのがわかる。

「あぁ……あぁ‼　やっぱり駄目だ、駄目だったんだ……‼　シャノン、すみません！　不老不死なんてそりゃ嘘に決まってるよ‼　ああ、私はどうしたら……！」

しかし。

グリムは頭を抱え、地面に座り込む。もうおしまいだと。

「――ぷはぁ。あー、一瞬身体の中がぐちゃぐちゃにされちゃったよ」

「えっ……⁉」

グリムはゆっくりと顔を上げる。すると、そこには平然としたシャノンがいた。

さっきまでの苦しそうな様子はどこへやら、ピンピンとした様子で薬の入っていた瓶を見ている。

「な、何ともないの？」

「うーん、まあ特に変化ないね。毒性が強すぎてこれじゃあリリィちゃん死んじゃうよ」

「本当に不老不死……あっメモメモ！」

グリムは慌ててその症状をメモに取る。

シャノンを触診し、症状を事細かに記していく。

「初期だけどやっぱりサルエナに罹（かか）ってる。治ってないってことは、薬自体は効いてない……けど、凄い、一気に情報が集まってくる……！　これが続けられれば、きっと完璧な特効薬が作れる！」

グリムは興奮した様子で目を輝かせ、一心不乱にペンを走らせる。

「いける、希望が見えてきた……！　頑張ろう！　不老不死の魔法使いだなんて、私はついてる！　よし……よし！　この調子でどんどん行こう！」

完全に今の状況を受け入れたグリムは、潔いくらい完全に気持ちを切り替えていた。

それから、ひたすら薬の嵐で治験を進めていった。

飲んでは体調を確認し、病状に変化がなければ次へ。新しい素材や調合の比率を試しながら、最適解を探していく。こんな恐ろしい治験なんて、人類が誕生してから一度だって行われたことはないだろう。既にシャノンは十回は死んでいるのだから。

グリムは目を輝かせながら、次々に薬を作ってくる。

ユニコーンの角の残量は少ないが、既に薬の方向性は決まっていた。

頭の中にはあったが、人体への影響が懸念され無意識に選択肢から除外していた素材や調合比率。それらを次から次へと試していく。

「うっぷ……グ、グリムさ……」

口を押さえ、あふれそうになる何かを必死に押さえ込む。

それを見て、グリムは両手に新たな薬を持ったまま目を見開く。

「ど、どうした⁉　まさか病気が悪化して――」

「ち、違う……普通に……」

「普通に……？」

「お腹いっぱい……」

シャノンは少し青ざめた顔で、お腹を擦りながらよろよろと立ち上がる。

「あっ……あー！　すみません、そうだよね。いくら死なないっていってもお腹はいっぱいになるか……気付かなかった」

グリムはガシガシと頭を掻きながら、申し訳なさそうに眉を八の字に下げる。

「ちょっと休憩にしよう。ついつい興が乗ってしまって……」

「まあまあ、ゴールを目前に逸る気持ちはわかるよ。消化も人より早いから……ちょっと休憩させて」

「うん、万全になったらまた声かけて。ラストスパートといこう」

そうして階段を上がり、地下の実験室から出る。

既に深夜、リリィは眠っている。

副作用で何度もズタボロにされた体内。そっと胸に手を当てる。

柔らかい感触の奥から、ドクンドクンと生命の鼓動が伝わってくる。まだ、ぜんぜん生きている。

シャノンは大きくため息をつく。

「また死ねない、かあ……。毒みたいなのでじっくりっていうのはそんなに効かないのか。再生が上回っちゃうのね」

わかってはいたことだった。何千年も生きて、何度も死を経験した。自分の身体(からだ)の再生速度や耐えられる痛み、苦しみは嫌というほど把握している。それでも、新たな可能性を探さずにはいられない。

「ま、どんな状況が死を招くかわからないしね。とりあえず、治験では駄目だったと」

そう言って、シャノンは深呼吸する。

残すは、リリィのために薬を完成させることだけだ。

三十分ほど外の空気を吸ってから、研究室へと戻る。

「さ、リリィを救う実験を始めよう！　副作用どんとこい！」

「戻ったか。よし、続けよう！」

こうして、さらに薬を作り、試していく。

五回、六回と死ねない死の瞬間を味わいながら、次々と薬を試していく。

徐々に軽くなる副作用に、終わりが見えてくる。

そして、限られた試行回数の中、残り数回もないというところで、調合が完了する。

「こ……これが……」

グリムは震える手で、その薬の瓶を持ち上げる。

最初の禍々（まがまが）しい色とは打って変わり、まるでユニコーンの角のような白と紫の交じった神秘的な色を放っている。

生薬とハーブ、加えて様々な魔物の素材を調合して作られたグリムの薬。

「完成品、かな」

「残り三回分というところで、とうとうできた。……シャノン、飲んでもらっていい？」

シャノンは頷く。

既にサルエナは感染済みだ。

瓶を受け取り、口元へ近づける。

頷くグリムを見て、そして一気に胃へと流し込む。

「……どうだ……？」

「…………あれ、なんもない」

「え、そんなはずは⁉」

慌てて駆け寄るグリムに、シャノンはそっとお腹を出す。

グリムは神妙な顔つきで触診し、隈なく身体を調べ終わったところで、ごくりと唾を飲み込む。

「治ってる……もう薬が効いてる！」

「えっ！　副作用なかったよ⁉」

「――完成だ……！」

「わー‼　ばんざーい‼」

シャノンは両手を広げ、グリムに抱き着くと、わーわー！　と大はしゃぎする。

グリムも、うおおお！　と雄たけびを上げる。

「やったー！　……って、ご、ごめん抱き着いて……！」

慌てて離れるグリムは、改めて完成した薬を眺める。

「あはは、いいのに別に。でも、完成したね」

「あぁ……。やっと……！」

こうして、グリムはサルエナの特効薬を完成させたのだった。

◇　◇　◇

「シャノンさん、本当にありがとう！」

リリィは満面の笑みを浮かべ、シャノンの顔を見上げる。

「グリムさんのお陰だよ。私なんて薬沢山飲んだだけだし」

「いやいや、シャノンのお陰だよ。偶然にもあの路地で君に会えて本当に良かった。ありがとう」

「確かにラッキーだったね」

シャノンのサルエナは進行がまだ殆どなかったからすぐに全快したが、リリィはまだ時間がかかりそうだ。

とはいえ回復傾向で、立って歩くことは可能になった。

家の中だけでも、自由に歩き回れる喜びはリリィにしかわからないだろう。

暗めだった笑顔も、今では弾けるように明るい。

立ち上がったリリィの背は小さく、シャノンの胸の辺りだった。とりあえず愛おしかったので抱きしめておいた。

外からは、相変わらず祭りの音が聞こえる。

「あー、今日で祭り最終日だね、リリィちゃん」

「うん。でも、いいんです」

リリィは笑う。

「来年、先生と行きます！　絶対に！」

その顔には、出会った時にはなかった希望が見えた。

きっと、最初の頃はずっと強がっていたんだろう。大人っぽさは消え、無邪気な子供のような姿がそこにはあった。

「ふふ、いいね。来年までにもっと元気になろう。――それじゃあ、私は行くよ」

「もう行くんだね。まだしばらく滞在しててもいいのに……。借金があるからこれからさらに私と創薬ビジネスで大儲け（おおもう）けを――」

「あはは、グリムさんらしいね。けど、私は旅の魔法使いだからさ。気ままな一人旅が好きなんだ」

「そうか……残念だけど、楽しかったよ」

「うん、私も。次の死に場所を探すよ」

「本当、不思議な魔法使いだ。じゃあ私は、ここで君が無事死ねるのを祈ってるよ。次も し会えたら、まだ死ねないでいるのかと煽（あお）るさ」

そう言ってグリムは笑う。

「ふふ、楽しみにしておくよ」

「あ、それとこれを」

グリムは机の上に置いてあった瓶を手渡してくる。

「これは？」

「サルエナの特効薬、最後の一個だ」

「いいの？」

「うん。旅をする君が持っていた方が、助かる人も多いだろうし。有効活用してくれ」

「ありがと、貰(もら)っていくよ」

そう言って、シャノンはフワッとローブを翻す。

「それじゃ、またね」

「また会おうねえ～!!」

「さよなら！」

そうして、二人に見送られ、シャノンは街を後にした。

三章　迷宮のトラップって死ねる？

"SHANNON CRAVES FOR NORMALITY"

「うーん、これは運命か？」

「はい？」

薄暗い酒場で、隣に座る初老の男がふいにそう声をかけてくる。

周りを見たが、自分以外にこの酒場に客はいない。

どうやら、こちらに向かって話しかけているようだ。独り言ではないならば。

昼間に次の街への中継地点としてこの村に入り、一泊だけして出ていこうとしていた。

宿も安いところを借り、せめて夜ご飯だけでも腹に入れないと、とこの寂れた酒場へと足を運んだ。

この村はとにかく活気がない。道行く人はみんな下を向いているし、ローブを着た魔法使いが村を歩いているというのに、誰一人興味を示さない。普段なら多少なりとも好奇の目で見られ、誰かしら話しかけてくるのだが、その気配もなかった。

まあたまにはそんな村もありではあるのだが。騒がれ続けるのも疲れてしまうし。

と、そんな評価をこの村に下していたのだが、まさかこんなお爺（じい）さんに声をかけられてしまうとは。

だが、このお爺さんは村の人とは少し違う気がした。きっと村の人ではないのだろう。

お爺さんは手に持ったグラスを揺らしながら、眼鏡（めがね）の奥の目を細める。

「君をどこかで見たことがある気がするんだがなあ」

ひげを撫（な）でながら、上から下まで舐（な）めるように見てくる。

「運命って、お爺さんナンパ？　そりゃあまあ私は美人かもしれないですけど、ちょっと古典的すぎない？」

シャノンはまんざらでもなさそうな顔で胸を張り、ニヤリと口角を上げる。

今まで何百何千年と生きてきた訳だが、どうやらまだまだ捨てたものじゃないらしい。

肌艶は衰えないし、髪もずっとサラサラとしたまま。その顔には皺（しわ）ひとつ増えない。

これは、見ようによっては時が止まっていると言えなくもない。

永遠の命とは、自分だけが違う時間軸で生きるということ。同じように未来に向かって進んでいるはずが、実際動いているのはもう一つの時間軸を生きている人間たちだけなのだ。

とはいえ、他のことはさておいても世の女性、誰もが求める永遠の美。

確かにさっさと死んでこの長い生を終わらせようと旅をしているが、その点だけに関しては少し得をした気分になる。

若いとこうやってお爺さんが声をかけてきて奢ってくれたりするし。

しかし、お爺さんは取り乱したように声を張り上げる。

「ち、違うわ！　ワシをどこぞの変態爺さんと一緒にするな！　紳士だ、紳士！」

「えー、お尻とか触らない？」

「さ、触らんわ！　何だその発想は⁉」

「いやあ、酒場のお爺さんっていえばそういう人のイメージしか……」

「偏見が凄い。いや、いやいや、ナンパとかではなくな、ワシは本当に君を昔に見た記憶があって……。いや、だが……あの場に君がいたはずがない……。居たとしたら歳はワシくらいだろうし、それにあの子は……あそこで死んだんだ。はは、大分酔ってるみたいだな」

言いながらお爺さんは豪快に笑い、酒をごくりと飲む。

かつて見た少女とシャノンを重ねていたようだ。死んだのなら、きっとシャノンではない。というかここで不本意ながら生きているし。

シャノンは頬杖を突きながら、軽くため息をつく。

「もう、酔いすぎなんじゃない？　そんな記憶が混乱するくらい飲んで。見たところもういい歳じゃん。いい加減にしないと早死にしちゃうよ、羨ましい」

「羨ましいってなんじゃ！　ワシはその若さの方が羨ましいわ！　それに、ワシは早死になどせん。まだやることがあるからな」

　そう言って、腕をぐっと曲げ力こぶを作ってみせる。

　男は初老のお爺さんだが、その体つきはかなり逞しかった。何かしらの戦いの場に身を置いていたもの特有のオーラ、そして筋肉。

　身に着けている装備も戦闘用で、明らかに戦いを生業としている。

「わーすっごい。お爺さん傭兵とか？」

「ほう、わかるか？」

　お爺さんはニヤリと笑う。

「だが、今は違う。そうだった頃もあるというだけだ。今は冒険者じゃ。――ロウ。白髪のロウ。聞いたことは？」

　ロウは恰好付けた表情できらりと歯を輝かせる。

「知らないかも」

　するとまるでギャグのように頬杖突いていた肘がテーブルから落ち、バランスを崩す。

「あ、あらら……。結構ワシも有名な方だと思ったんだが……。まだまだということか」

「冒険者だったらさ、なんだっけ、えーっと……キング？　くらい名を馳せてくれないとわからないよ」

「キ、キングは次元が違うわい！　ワシと比べるな！　まったく、近頃の若者は怖いもの知らずだな。あれは生きる伝説じゃ」

冒険者とは、この世界に未だ残っている未知を相手にする者たちのことだ。

時には魔物と戦い、時には未開の迷宮を旅する。そうして得た宝や素材で生計を立てる。

そういった未知のものや強いということは、いつの時代でも民衆から羨望の眼差しを向けられるものだ。子供たちにとっては、ヒーローとなり得る存在だ。

まだこの世界には未知が多い。何千年も生きてきたシャノンでさえまだ全容を把握できていない。

「お嬢ちゃんは……そのローブに杖、魔法使いか？」

「わかる？」

「侮るな、わかるわ。そんな特徴的な恰好、わからんという方が失礼じゃろ。それで魔法使いじゃない方が驚きだ」

それもそうだと、シャノンは笑う。

「私、シャノン。世界各地を旅して回ってるんだ」

「ほう、そりゃすごい。旅の魔法使いか。ワシが最後に見た魔法使いは迷宮の奥で自分の炎で窒息して死んだ。あんな狭い空間で炎なんか使えば酸素が尽きるっちゅうの」

そう言いながら、ロウはかっかっかと笑い、白い髭を撫でる。

「それは……ちょっと教育の敗北かな。最近は魔法学校ってのがあるらしいのにそういうのは習わないんだね」

「その言い草、お嬢ちゃんは独学か？」

「ううん、師匠がいてね。まあとっくの昔に死んじゃってるけど。結構特殊な魔法を学んでたから一応レアな魔法使いではあるよ」

「ふうむ。まあワシからすれば魔法使いは全員レアじゃがな。だが、この村にとってはそうでもないかもな」

「どういうこと？」

シャノンは首をかしげる。

「あまりこの村で話しかけられておらんじゃろ？　普段旅している先よりも活気がないと思わんかったか？」

「まさにその通り」

「まあ、無理もないのさ。この村はみな目が死んどる」

「え？　どういうこと？」

どうやらこの村で感じた雰囲気は、何も自分だけが感じたものではなかったようだ。

「近くに有名な迷宮があってな。この村はそこへ向かった冒険者の遺族や、挑戦を諦めて心が折れた者たちが集まってできたんじゃ。だから、根本的に覇気がない。街に行く元気もなければ、もう一度冒険者をやる勇気もない。辛気臭い村じゃ」

ああなるほどと、シャノンは合点がいく。

この村全体を覆っている仄暗い雰囲気は、そういう経緯があったのかと。

「じゃあ、ロウさんは何でこの村に？」

「興味あるか？　こんな爺さんの目的なんぞ」

「もちろん。私は比較的目が生きているタイプの人間だからさ」

「はっ！　面白いお嬢ちゃんだ。さすが魔法使いか」

「あんまりそこは関係なさそうだけど」

ロウは少しだけ話しだしを躊躇した後、短くため息をついて言う。

「……〝サドラの王墓〟という迷宮を知っているか？」

「サドラ？　それって古代リドニア期に、この辺りを治めていた王様のこと？　確かそんな名前だったよね」

「博識だな。そう。今から一万年近く前にこの辺りで栄えていたリドニア文明。そのいつかの王サドラ。その王の墓——と言われている迷宮がここにある」

「へえ、迷宮か。それがこの村の人たちの冒険者が挑もうとした迷宮ってことか」

ロウは頷く。

「私あんまり縁ないんだよね、迷宮に」

迷宮は古代の産物。シャノンの生まれた時代よりはるか昔から存在するものだ。

それは自然災害だったり、発掘だったり、とにかくいろんな条件で不意に世界に現れる。

「サドラの王墓は、冒険者協会がS級に認定する、世界に八つしかない危険な迷宮だ。死亡率百パーセント。誰も生きて帰ってきたことがない最難関の迷宮じゃ。だから、実際にサドラの墓なのかはまだ判明しとらん」

「わあ、それはおっかないね。そんな恐ろしい迷宮にチャレンジしに来たの？」

「まあ、そう……と言えばそうなんだが……そうじゃないと言えなくもない……」

ロウは何とも言えない顔をし、また酒を呷る。

不安や恐怖。そんなものを押し殺そうとしているかのように。

「その飲みっぷり。王墓を自分の意思で踏破したいと思ってここに来たって訳ではなさそうだね」

「はあ……わかるか。というか、わかってほしそうだったか。恥ずかしいの」

ロウは自嘲気味に笑う。

「ワシの意思に関係なく、ワシはこの迷宮の最奥にたどり着かねばならん。絶対にだ。それだけは、運命として定められておる」

目に見えるほどの恐怖。だが、その目には確固たる意志が宿っていた。

このお爺さんは本気だ。

その顔は、何だか死のうとしてるようにも見えた。この村の人と、根本的には同じ顔だ。

「なんでそんな、お酒飲んで酔っ払うほど怖いくせに。別に死に急がなくても、もう時期でしょ？」

「がっはっは！　うるさい魔法使いだ！　だが面白い。本当に。そう言ってくれると逆に奮い立つというもんさ。そう、ワシはもう時期だ。だからこそ、今行くしかない」

そう言って、ロウは自分の手のひらを見つめる。

皺の刻まれたその手は、大きく、逞しい。

「あの迷宮にはな、ワシの息子がいるんだ」

「息子がいる？」

「あぁ。あの迷宮のどこかで、きっとワシを待っている。二年前から」

「…………」

死亡率百パーセントの迷宮。そんなところで、ただただロウが来るのを待って耐え忍んでいる訳がない。それも二年も。その迷宮で待っているということ、それは、つまり。

「遺品回収ってことね」

「……一人息子なんじゃ。カミさんはとっくに死んだ。ワシは今たった一人だ。せめて、あの子の遺品くらいはこの手に残しておきたい」

「そんな危険な迷宮なら、さすがに無理じゃない？　悪いけど歳には勝てないよ、全盛期がどれだけ強くてもさ。ロウさんも一緒に迷宮で眠る羽目になったら元も子もないよ」

それを聞いて、ロウは笑う。

「そりゃそうだ、お嬢ちゃんは優しいな。むしろ何で来たんだって息子にもカミさんにも怒られるだろうな。……だが、これでもワシも冒険者の端くれであり、元傭兵だ。死ぬとわかっていても行かなければならないこともある」

少し寂しそうに、ロウはグラスを傾ける。

つまりここで、死に行くとわかっている自分を奮い立たせるために酒を飲んでいたという訳だ。

そして過去の思い出に浸りながら恐怖をかき消している時に、丁度その記憶で見た少女に似た魔法使いが隣に座ってきたということだ。なんという偶然。

ロウは自分でも薄々気が付いているのだ。今の自分に、あの迷宮から生きて帰れる力はないと。

「絶対生きて帰れない迷宮ねえ。それってどんなの？」

「聞いたところによると、即死トラップが山盛りなうえ、スケルトン系の魔物が徘徊(はいかい)しているらしい。あいつらは聖属性の宿った武器で倒さないと生き返るから、あっという間に囲まれて終わるという噂(うわさ)じゃ」

「さすがは墓ってところだね」

「あぁ。地下へ地下へと潜っていくタイプと聞く。恐らく地上じゃ味わえないような死が待っているのさ」

「地上じゃ……味わえない……⁉」

瞬間、シャノンの口角が上がり、パーッと顔が輝く。

その言葉が琴線に触れ、心臓が高鳴る。

そんな場所に相応しいのは、シャノンしかいない。

「おっ、やっと表情が変わったな。さすがに旅の魔法使い様でも、ちっとは怖くなったか？」

「私も行きたい、その迷宮！」

「おう。全然いいぞ。二人のうちどっちかが死んでも先に進める可能性がある。バックアップとして後ろの警戒もできるし一石二鳥じゃ。迷宮の名前を出すだけで冒険者も顔色を変えるんだ、こんなところで同行者が見つかるなんてラッキーじゃ」

言いながらロウは豪快に笑い、酒をさらに飲む。

割と酔っているのだろうが、呂律はしっかり回っているところを見るとかなりの酒豪のようだ。

「決まりね、明日出発しよう！」

「いいだろう、明日。明日じゃ！　こりゃいい、そうやって尻をひっぱたいてくれると覚悟が決まるってもんじゃ！　楽しくなりそうだな、がっはっは！」

「やった！　じゃあ明日の朝ここで落ち合おうね。準備してくるから！」

シャノンはさっさとお金を払うと立ち上がり、荷物を持ち上げる。

宿に戻ったら、必要なものを揃(そろ)えて迷宮探索だ。もしかしたら今度こそ死ねるかもしれない。

味わってみよう、迷宮の味を！

誰も生きて帰ったことのない迷宮。絶好のチャンスだ。

「じゃあまた明日、ロウさん！」

「おう〜、いつまでも待ってるぜぇ」

こうして、シャノンは明日に備えて早々に眠りについた。

翌日、早朝。
「…………お嬢ちゃん、何でここにいるんじゃ……？」
準備万端で腰に手を当て、仁王立ちして酒場の前で待ち構えていたシャノンを見るや否や、ロウは顔を手で覆い呆(あき)れた様子でため息をつく。
「ええ？　昨日一緒に行くって話したじゃん。忘れたの？　まったくもう、歳(とし)だからって忘れやすいのは良くないよ、そんなんじゃすぐ死んじゃうよ？」

しかし、ロウは怒鳴るように叫ぶ。

「死ぬんだぞ、戻れないんだぞ⁉　昨日のあれは冗談みたいなもんじゃ、本気にするな！」

「ええ、私は本気だよ？　魔法使いだしきっと役立つよ」

笑顔で言い切るシャノンに、ロウは顔を歪めながらも、むむっと唸りながら髭を撫でる。

「そ、そりゃあ迷宮攻略の上で魔法使いに手を借りられるのは百人力だが……まだこんな幼いお嬢ちゃんを……」

自分の息子と重ねているのか、ロウはシャノンの身を案じている。

自分の死は気にしない（まあ怖がってはいるけど）のに、人の身を心配してしまうあたり、ロウはなかなか優しいお爺さんだ。

「まあまあ、いいからいいから。何が何でも息子さんの遺品を持ち帰るんでしょ？　使えるものは使うべきだよ。自殺願望持ちの魔法使いでもさ」

「ま、まあ、それはそうだが……」

「それに、死亡率百パーセントの迷宮に行くって目的は私とも同じだし」

それを聞いて、ロウは怪訝な顔をする。

「はあ？　昨日初めて聞いたような反応じゃったろ。冒険者でもないお嬢ちゃんが何故」

「まあまあ。けど、行く理由があるのは本当だよ。だからさ、一緒に行こうよ。旅は道連れってね」

「ううん……本当にいいんだな？　ワシは自分の命のためならお嬢ちゃんを見捨てるぞ？」

「上等！　もちろん、そうしてくれていいよ。自分の目的最優先！　それ大事」

シャノンはブイッと指でピースを作ってみせる。

能天気そうなシャノンを見て、緊張の面持ちだったロウの顔に穏やかさが戻ってくる。

ロウは、短くため息をつく。

「まったく、強がってまあ……。ま、その歳で魔法使いとして旅してるくらいだ、相当肝が据わっているんだろう。お嬢ちゃんの目的は敢えて聞かない。……仕方ない、何があっても自己責任じゃぞ？」

「うん！　楽しみだなあ。おやつ持っていこうかな」

「遠足気分かい！　本当に死ねる迷宮じゃからな⁉」

「わかってるよ」

「まったく、覚悟はしてくれよ。その能天気さ、本当にあの日の少女みたいじゃな、お嬢ちゃんは。何だかワシも若返った気分だよ」

そうして、ロウも腹を決める。

この二人で、迷宮へ行くのだ。

「よし、じゃあ行こうか。〝サドラの王墓〟に」

◇　◇　◇

村から西に広がるランサルスの大森林。

数十年前に起きた大きな地震により地盤が崩れ、隆起した地面から現れたのが〝サドラの王墓〟だ。

「入り口はここ一か所のみだ。この時代の迷宮は慣例的に三階層構造となっているから、恐らくこの王墓も同様じゃ。順調にいけば二日あれば戻ってこられる」

「けど、戻ってきた人はいないと」

ロウは頷く。

「さて、ワシは干し肉に水、ナイフ、着替えに包帯、縄、簡易治療キット、針に糸……いろいろ準備してきたが……」

言いながら、かなり軽装なシャノンを見る。

「本当にその恰好で大丈夫か？　ローブはヒラヒラしてるし、ショートパンツじゃ脚が剝き出しじゃ。それに、昨日の鞄はどうした？　完全に手ぶらじゃないか」

「お忘れ？　私は魔法使いだよ？」

そう言って、シャノンは太ももに付けたホルダーから杖を取り出すと、おもむろに振る。

すると、その目の前に空間が歪んで裂け目が発生する。

シャノンはそこに手を突っ込み、中を漁ると、ものの数秒で鞄を引っ張り出してみせる。

「なっ……魔法の空間か⁉　こりゃたまげた」

目をぱちくりとし、その空間をまじまじと見つめる。

「そ。この中にいろいろ入れてるからもしもの時は大丈夫。もしロウさんが死んじゃったらせめて遺体だけでもこの中に入れて持って帰ってあげるよ。生きてる人が入ると死んじゃうから、死んでから限定だけど」

「はは、それは頼もしい。もし遺体を持ち帰ったら、この王墓の近くに埋めてくれ。……それじゃあ、準備もよさそうじゃ。行くとしようか」

こうして、二人は迷宮へと足を踏み入れた。


「中は真っ暗だな。これじゃあ先へ進みようがない」

細い階段が下へと続いている。しかし、松明のようなものが壁につるされている様子もなく、降りれば降りるほど入り口から漏れる光はどんどん小さくなっていく。

「あ、じゃあちょっと待って」

そう言って、シャノンが杖を取り出すと、フワッとそれを振る。

瞬間、杖の先端にぼうっと明かりが灯る。その明かりは見た目以上に明るく、かなり先まで見通せるほど明るい。

「ほう、さっそく魔法か！　便利じゃな」

「でっしょ。これで安心して先に進めるね」

「あぁ。――って、うおっ」

ロウは声を張り上げると、慌ててその場から後ろに飛びのく。

「どうしたの？」

「下を見てみろ」

ロウの指さす方を覗（のぞ）いてみると、そこだけ階段が途切れ、杖の明かりでも底が見えないほどの穴が広がっていた。

ひゅ～っと、下から風が吹き上げてくる。相当深そうだ。

「こりゃ落ちたら死亡だね」

「あぁ。初歩的な罠（わな）だが、注意力が少しでも途切れていると真っ逆さまだ。なるほど、至る所に危険がある訳だ」

「何だかわくわくしてくるね」

「してこないわ！　まったく、もしかして近頃の若者って死生観いかれてる？」

「あはは、私くらいだよ」

そうして、二人はさらに奥へと進んでいく。

進めば進むほど、死の匂いが濃くなっていく。

「しまった、罠を踏んだ！　しゃがめ！」

瞬間、何かの飛翔音が聞こえる。

「ほっ」

「うおおお‼」

ロウは腰にぶら下げた剣を抜くと、勢いよく振るう。

スパスパッと音がして、何かが地面に落ちる。

さすがは元傭兵といったところか、老いてもその動きは機敏だ。

斬ったものを拾い上げると、それは矢で、先端には紫色の液体が塗られている。

「毒付きの矢かな？」

「あぁ。地面のタイルがここだけ僅かに浮き上がっていた。重さで自動的に発動する罠だったみたいだ……って、おいお嬢ちゃん、腰に矢が――」

「あ、大丈夫。ほら、ローブを貫通しただけだから」

そう言って、ローブの穴付近を見せる。

「――確かに、そうみたいじゃな。よかった、こんな序盤で死なれたら困るぞ」

「任せといて！」

言いながら、シャノンはそっと血の付いた矢を適当に暗闇に投げ捨てる。

もちろん、刺さっていたのだ。そりゃもうばっちりと。

だが、毒はシャノンの命を絶つまでには至らず、刺さった矢でつけられた傷は即座にふさがった。

「まだまだこれくらいじゃないでしょ、迷宮！　本気出せ〜！」

「元気じゃな……。お、また死体か」

ロウは地面に横たわる死体をゆっくりとまたぐ。

「だんだん死体が増えてきたね。この辺りでリタイアした人が多いのかな」

シャノンが視線を向かわせた場所には、既に白骨化した死体が数体転がっている。さっきの罠で死んだのだろう。

「ちょっと待ってくれ、少し見てみる」

そう言ってロウは白骨化した死体をどかしながら、全部をくまなく確認する。がさがさと、まるで墓場荒らしのように死体を漁る。

「——息子じゃない。どれも息子が入った頃よりもっと前の遺体だな」

「そういえば、息子さんの目印とかあるの？」

「あぁ。あいつが冒険者になった時に贈ったペンダントがあるはずじゃ。胸からいつも下げていた。ペンダントトップに息子の名前であるレオの頭文字、Lが彫られておる」

「なるほどね。誰も迷宮から戻ったことないなら遺品泥棒もいないだろうし、それを目印

に探せばいいか」

「あぁ、頼む。とにかく、罠には気を付けよう。ワシの後ろにぴったりとくっついておけ。でないと守り切れん」

「頼もしい〜。よろしくね」

そうして二人はさらに奥へと進んでいく。

落とし穴、毒矢、毒ガス部屋に下に針山が広がる細い橋、両脇から迫りくる壁に至る所に徘徊(はいかい)するスケルトンの群れ。

注意力と戦闘力の両方を求められるトラップと魔物の応酬。

とにかく、絶対に通さないしここで殺すという殺意の塊のようなトラップが次々と続く。

「うおおおおお‼」

「はっ！　ふっ！」

ロウは自前で用意してきた聖属性が刻まれた剣でアンデッドを斬り倒し、その横でシャノンは魔法で聖属性を纏(まと)った拳を使った格闘術で、アンデッドを粉砕浄化していく。

「おう、こわ……お嬢ちゃんを怒らせたら殴られそうじゃゃ」

「気を付けてね、いつ拳飛んでいくかわからないから」

言いながら、最後の棺(ひつぎ)から現れた豪華な服を着たアンデッドを浄化したところで、正面に置かれていた一番巨大な棺が横にスライドし、次の部屋への道が現れる。

「はあ、はあ、はあ……さすがに老体には堪えるわい」

　ロウは息を切らしながら、地面に座り込む。

「凄い仕掛けだね……魔法もだけど、他の機構もかなりオーパーツ的だよ」

「さすがは最難関迷宮という感じか」

「だね。でもさすがに一度休憩しようか。もう丸一日潜り続けてるし、一旦仮眠でもとろうよ」

「そうじゃな、進捗的には既に半分は進んでおる。焦らんでもいいだろう」

　二人はファラオの棺部屋の中央に簡易テントを用意すると、それぞれ持ち寄った食事を並べていく。

　干し肉にワイン、パン、そしてシャノンが持ってきた果物と新鮮な野菜。

「ほう、さっきの魔法の空間に入れておくと鮮度が落ちないのか」

「うん。だからいつでもフレッシュな食べ物が食べられるって訳。女の子の味方」

「こりゃいい。サンドイッチにしていただこう」

　二人はモグモグと食べ、英気を養う。

　ずっと警戒して戦いどおしだった身体が、癒やされていく。

「それにしても、格闘術もいけるとはただの魔法使いじゃないな」

「まあ、それなりに旅歴も長いからね。戦闘はお手の物だよ」

「みたいじゃな。それだけの力があれば傭兵も務まりそうだ。扱える武器は？」

「一応いろいろ使えるよ。剣に槍、弓も使えるし、あとは投擲系の武器も。一通りは覚えたよ、時間だけはいっぱいあったから」

「とんでもない魔法使いじゃな……その歳でどれだけ濃密な時間を過ごしてきたのか……。そりゃその反動で旅にも出たくなるわ」

「いやあ、まあちょっと違うけど……」

「それに加えて、やはり卓越した魔法。ワシは今まで多くの魔法使いを見てきたが、ここまで上手く魔法を使う者を見たことがない。まるで何十年も鍛錬を積んだ魔法使いのような、そんな貫禄さえ感じたぞ。どこかで戦闘でもしていたか？」

冗談交じりにロウが笑うが、シャノンは苦笑いをして頬を掻く。

「まあ、ちょっと前に、少しね。旅してるといろんなことに巻き込まれるからさ」

「……そうか、その歳で。力を持つ者は頼られるという訳か」

僅かな沈黙が流れる。

少し昔、傭兵として魔法を使って戦っていたことが少しだけあった。やむにやまれぬ事情というやつだったが、敵を殺した時の感触が未だに残っている。

人を殺すことは、シャノンにとっては絶対にしたくない行為だった。いくら痛めつけられても、極力生きて返す。

　それなのに、自分を殺そうとしている。なんて矛盾という感じだが、それでもそれがシャノンという少女なのだ。

「それにしても、この辺りにはもう殆ど死体がないね」

　通路の先の方まで見渡してみても、死体のようなものは転がっていない。

　このファラオの間の前も、最初の方と比べると死体は少なかった。

「あぁ。上の方のトラップで殆ど死んでいるんだろう。ワシの動きと、お嬢ちゃんの魔法がなければ無理だったってことじゃ」

「ということは、ここまで来られた息子さんはかなり優秀だったんだね」

　その言葉に、ロウの顔がほころぶ。

「そりゃワシの息子だし、ワシがみっちり鍛え上げたからな。刀っていう特殊な武器を操ってな、強かった。それにあの子は頭も良かった。ワシにはよくわからんが、領主様に頼られ知恵を時折貸したりもしていた」

　ロウはその頃を懐かしむように目を細めながら髭を撫でる。

「だが、ある日突然冒険者になると言い出したんだ。ワシの後を追ってな。何がきっかけだったかは、今はもうわからんが、優秀だった分いろいろと悩んだ末の答えだったんだろう。ワシは快諾したよ。そしてあっという間にあいつは有名になった。そして、自分の力を試すため、数多くの迷宮や魔物の討伐に明け暮れていた」

「へえ……冒険者として、優秀だったんだね」

ロウは笑う。

「ワシに似てな。野心も人一倍だった。この王墓の奥には莫大(ばくだい)な宝が眠るという噂(うわさ)が初期からあってな。だが迷宮から帰った者はいない。もしここを踏破できれば、名実ともに最高の冒険者となれる。あいつは必ず戻ると言って向かった。だが――」

「戻らなかった」

ロウは頷(うなず)く。

「まったく、手の掛からない息子だったが、最後の最後に手間を掛けさせる奴(やつ)だ。今までのツケってことかねえ。こんな最難関の迷宮に入らないと弔いもできないなんて」

「………………」

沈黙が流れ、少ししてロウがその空気を壊すように笑う。

「はっは！　すまない、話しすぎた。お嬢ちゃんの目的もここで叶(かな)うことを願っているよ。今日はもう寝よう」

「うん、ありがとう。そうだね、寝ようか」

そうして、二人は無言のまま眠りについた。

◇　◇　◇

翌日、二人はさらに奥へと進んでいく。

肌感覚として、全体の三分の二は進んだという実感があった。

それに、シャノンの魔法で、この先の構造が何となく把握できていた。

音波を使った探索魔法。ぼんやりとだが、迷宮の規模がわかる。

トラップにも慣れてきて、段々と進むペースが速くなっていく。戦闘もさすが元傭兵だけあり、特にシャノンが助けることもなく順調に攻略していく。

濁流が流れてくる水の罠(わな)を抜け、服を乾かした二人が改めて先へ進み始めたところで、シャノンはあからさまな罠を見つける。

それは今までと明らかに様子が違い、死の匂いが立ち込めていた。

その罠の周囲には死体は一つもないのだが、地面の色が真っ黒に染まっており、一部だけぼんやりと茶色い。それは、茶色いところが汚れているのではなく、その他全てが血で染まっているのだ。

ここで大量に死人が出た。ここまであまり死体を見なかったのも、もしかするとこうやって通路以外のところへ死体が零(こぼ)れていたのかもしれない。

そしてこの目の前のトラップは、序盤にあった感圧式の罠。しかも、見たところここから先十メートルにわたり全ての床が罠になっていた。つまり、どう気を付けても確実に発動する罠ということだ。

入念な殺しの装置。これならもしかすると、もしかするかもしれない。

目の前に置かれた死の気配に、シャノンはぶるっと身震いする。ここで死ねるかもしれない。

ロウは後方を歩いていた。さすがに老体には体力の限界があるため、ここまで先導役を交代しながら進んできた。今なら、先に罠に掛かれる。

「物は試しだ。行っちゃおう！」

と、一歩前に出ようとしたところで、その通路の奥にぼんやりと青く光る球があるのを見つける。

「あれは……」

それは、魔法の力を宿していた。明らかに、あれが他のどのトラップよりも有害だ。シャノンの魔法使いとしての直感がそう告げていた。

「ねえ、ロウさん。あの先にあるさ――」

と、次の瞬間。真後ろにいたはずのロウが真横に現れる。

「ん？　どうしたの？」

しかし、ロウはシャノンの声に耳を傾けることなく叫び、手を前に伸ばす。

「レオ！　なんでじゃ、なんで逃げる！　待て、ワシじゃ、ロウ……お父さんだ！」

「レオって確か息子さんの……そんなのどこにもいないよ？」

辺りを見回すが、人っ子一人いない。当然なのだが。

しかし、ロウにはまるでシャノンの声が届かないかのように、何の反応もない。

「これは……」

ロウの目を見る。すると、黒目が大きくなり、ぼんやりと焦点が合っていない。虚ろな目をしている。

「精神系の魔法……！　まさか、あの青い球……！」

「レオ！　何……――そこへ？　なるほどな、わかったわかった。まったく、大きくなってもまだまだ子供っぽいな」

目は虚ろだが、その表情には幸せが満ちあふれている。

ロウの見ている景色が何となくわかる。目の前に、息子がいるのだ。

「ロウさん、目を覚まして！」

すると、ロウの剣がシャノンの腕を斬り付ける。

「!?」

「今行くぞ、レオ！　もう一度一緒に暮らそう！」

そうして、ロウはトラップの地雷原へと向かって全速力で駆け出していく。

「まずい、そっちは！」

と、手を伸ばした時、視界が歪む。

気が付くと周りの雰囲気が一変していた。

そして、目の前に現れたのは懐かしい顔だった。

顔、というにはいささかふんわりとしすぎている。

髪型や服装はあの頃のままだが、その顔は黒く塗りつぶされたように何も見えない。

「……私にはあなたってことね」

懐かしい姿に、意図せずに心が反応する。

「行くな、シャノン。今日はもう帰ろうよ。師匠も許してくれるよ」

「……相変わらずのサボり癖だね。幻覚の中でも」

幻覚の中、ということが客観的に理解できている。

けれど、それでも僅かに判断が鈍る。

声も、雰囲気も、匂いも、全てがあの頃のままだ。それが本物であると本能的に判断してしまう。強力な精神系の魔法だ。

「シャノンが真面目すぎるんだよ」

幻覚はクスクスと笑う。その所作まで、あの頃のままだ。

幻覚の少女は、改めてこちらに向き直るとすっと手を差し伸べてくる。

「ねえ、シャノン。このままさ、全部投げ出してまたあの頃みたいに――」

瞬間、ピカッと閃光が走る。そして、幻覚は一瞬にして白の中へと埋もれていく。

シャノンは迷わず杖（つえ）を振り下ろした。

聖属性の光はシャノンの前に立ちはだかった幻覚を消滅させ、現実に引き戻す。

「ごめんね」

遠い過去の記憶。それはもう、今では有り得ない光景なのだ。あの頃の形を保っているのは、この世界でシャノンだけだ。

幻覚が消え、目の前には薄暗い罠だらけの通路が戻ってくる。

すぐ戻れたはいいものの、ロウは既に先を走っている。

「ロウさん！」

慌てて声を上げるが、もう間に合わない。

このままだと、ロウが罠を作動させてしまう。そうなれば、死は免れない。

ならいっそ、この区画ごと魔法で破壊して――。

と、次の瞬間。ロウの動きがピタリと止まる。

「……え？」

ロウは、静かに口を開く。

「……レオはなあ、もう死んでんだ。ワシを、誰だと思っている。死者を愚弄し、生者を惑わすその魔法。ワシに効くと思っているのか……！」

バシン!!　っと、ロウは自分の両頬（りょうほお）を叩（たた）く。

「ワシは白髪のロウ！　こんなところで落ちる冒険者じゃないわい！」

そして、腰からダガーを取り出すと、光る球へと投げる。

ダガーは球の中心に的中し、パリンと音を立てて壊れる。

「わあ、カッコいい！」

「これでもう大丈夫じゃろう」

ロウは何と自力で幻覚から帰ってきた。

普通なら離れたくないはずの理想的な幻想。それを、まさか自力で打破するとは。

「危なかった、声が聞こえたよ、お嬢ちゃんの」

「この迷宮ではパートナーだからね」

「ふっ、成り行きじゃけどな。持ちつ持たれつじゃ」

「さて、ここだけど……どう突破しようか」

確かに幻覚は打ち砕いたが、罠は残っている。

シャノンにとっては死ねるかもしれない絶好のポイントだ。このまま突っ込んでもいい。

だが、ロウを巻き込む訳にはいかない。

どうしようかなと考えていたその時。

ガコン。

と暗闇の中から音が聞こえる。

「何の音――」

「あぶねえぞお嬢ちゃん!!」

怒鳴り声が聞こえ、ぐいっと首が締まる。

あの一瞬のカラクリ音を聞いただけで何かを察知したロウが全速力で駆け、後方から手を伸ばしシャノンのローブのフードを掴み全力で後方に投げ飛ばす。

「うぐっ!」

入れ替わるように、ロウが前へ出る。

瞬間、目の前の床がパッと消え、左右の壁がひっくり返る。

同時に、ほぼノータイムで左右から矢が放たれる。

「くっそ……!」

それを、その圧倒的な力でロウは剣で叩き落とし、落下しそうな身体を、強引に片腕の力だけで壁の出っ張りを掴み支える。

なんて人間離れした力。ただの傭兵上がりというレベルではない。

しかし、矢と前方の穴に気を取られ、頭の上まで注意がいっていなかった。

上方から巨大な斧。

それが、ロウの頭上目掛けて振り下ろされる。

「んだこれはあああ!!」

それに気を取られ、右足に矢が刺さる。ロウの顔が歪み、額に汗が噴き出る。

その時、シャノンが後方で杖を振るう。

「〝ウォーハンマー〟!!」

瞬間、ロウの前に出現した三メートル程の光のハンマーが、シャノンの杖の動きに合わせて振られる。

右、左、そして上。

ガンガン！　と激しい音を立て、振り下ろされる巨大な斧を粉々に破壊する。

破壊された斧はそのまま、奈落の底へと落ちていった。

「ふぅ……。ロウさん大丈夫!?」

「うっ……」

ロウは蹲り、矢が刺さった足を押さえている。

「毒矢……。矢じりの形が鋭利すぎるから、このまま抜いたらまずいね」

人の怪我を治す魔法というものは存在しない。

何故なら、人の身体を治すというのはその人の体力や精神力に依存するものであり、破壊された組織がひとりでに治ることもない。

それはもはや時間操作と言えるもので、未だ数千年生きてきてなお、傷を元通りに治す魔法にお目にかかったことはない。

まあ、その唯一の例外が、不老不死である自分なんだけれども。

とりあえず、自己治癒能力を高めておかないと。

シャノンは杖を出すと、傷口に向かって振る。

ポゥ……っと緑色の光が灯り、ロウの傷口からの出血が落ち着いたように見える。

「毒が回り切る前に、分離するよ」

「あぁ……」

杖を振り、魔法を行使する。

ぽわっと杖が光り、傷口から黒い粒状の毒があふれ出してくる。

それらを全部掬い取り、ぶんと壁に向かって投げ捨てる。

「——よし、毒は抜けた。全部じゃないけど、これで死ぬことはないよ」

シャノンは清潔な包帯を取り出すと、矢を固定しながらグルグルと止血のためにロウの脚に巻き付ける。応急処置は万全だ。

これでしばらくは大丈夫だ。

「わ、悪いな……ヘマしちまった」

死にそうな顔で、ロウは壁にもたれ掛かかりながら言う。

既に満身創痍だ。傷口周りの自然治癒に体力を持っていく魔法を使ったから、疲労感が増しているのだ。

「ごめんね、私の不注意のせいで」

「ワシも、まだ覚悟が決まってなかったってことだ。……目の前で死ぬ奴を見捨てられん」

チクリと心が痛む。

まさか庇われるとは思わなかった。これは、自分の責任だ。

「一旦……帰還しよう。この脚じゃ無理だ。時を見てまた出直し――」

「いや、私が行ってくるよ、最後まで！　絶対遺品持って帰るよ。任せて」

そう言って、シャノンは立ち上がると、パンパンとお尻についた砂を払う。

「お、おい、一人じゃ無理に決まってるじゃろ！　ゴホゴホッ！」

「ほら、無理しないでもう。とりあえずここに松明と食料置いておくから」

シャノンはそれらをロウの鞄から勝手に取り出すと、明かりを灯してロウの周りの環境を整える。

これだけ周りを快適にしておけば何とか大丈夫だろう。

「すぐ戻るよ。感覚的に、この先はそこまで長くないってわかるんだ。多分そんなにもうないよ。さすがにロウさんに怪我させちゃったし、もう死にに行くようなことはしないよ。ちゃんと目的果たしてくるからさ」

「バカなこと言ってんな。無理だ……一人では！」

「はいはい、大人しくしててね」

「お、おい！　待て！」

シャノンはロウの引き留めを完全に無視し、一人さらに奥へと向かっていく。

ロウのシャノンを引き留める声が迷宮内に木霊（こだま）するが、ほどなくしてシャノンの後ろ姿は闇の中へと消えていった。

◇◇◇

シャノンは一人でずんずんと奥へと入っていく。

転がって襲い掛かる球、降り注ぐ槍（やり）、波状に襲い掛かるアンデッドたち。本来なら何人もの冒険者が力を合わせて突破するような罠（わな）を、シャノンは一人で突破していく。

魔法の力があれば、そんなもの朝飯前だった。さっきまでは罠を楽しむために力を加減していたから、罠に対してあまり魔法を使うことはなかったが、今の目的は自分の死よりも怪我をさせてしまったロウの代わりに、迷宮の最奥で遺品を取ってくること。

シャノンはただ前へ進むことだけを考えその杖を振るっていた。

迫りくる球は魔法で破壊し、降り注ぐ槍は風を巻き起こして無効化し、波状に迫るアンデッドはその聖属性の攻撃魔法で浄化していく。至る場所至る時代で戦いをこなしてきたシャノンにとって、この程度の迷宮は朝飯前なのだ。

軽々と罠を越え、仄暗（ほのぐら）い迷宮を走る。

既に今まで転々とあった死体は少なくなっていた。

その数が、いかにここまで到達した冒険者が少ないかを物語っている。

そうして、とにかく今だけは死ぬことよりも最奥にたどり着くことを意識して迷宮を攻略し、そしてついに自分の背丈の倍はある扉の前に到達した。

扉には荘厳な彫刻が施されており、王の墓であることに真実味(しんじつみ)が増していく。

扉は殆(ほとん)ど触られたことがないのか、まるで新品のように輝き、傷一つ見当たらない。

「ここが、王墓。最後の部屋……かな」

シャノンはそっと扉に手を触れる。

ひんやりとした冷たさが伝わる。そして、ゆっくりと扉を押す。

ゴゴゴゴゴ、と鈍い音と土埃(つちぼこり)を上げながら、扉がゆっくりと開く。

そして開き切った時、その目に飛び込んできたのは。

「黄金！　凄(すご)っ！」

目の前に大量の黄金。金で作られた棺(ひつぎ)や盃(さかずき)、金塊に食器類。眩(まばゆ)い光で全てが輝いている。

これが王の遺産。

「はあ……これは初めての景色かも」

迷宮にあまり縁のなかったシャノンは、そのあまりにも荘厳な景色に思わずため息が漏れる。お金に殆ど頓着のないシャノンでも、今ばかりは黄金に目がいってしまう。

誰にも手を付けられていないようで、宝物は何一つ乱れず綺麗に並んでいる。

中央の黄金の棺が、恐らく王の棺だろう。

シャノンは部屋中を見回し、その景色に見惚れる。

「っと、違う違う、目的を果たさないと」

目的は黄金ではない。ロウの息子――レオの遺体の捜索だ。

ここまでの道中ではそれらしい遺体はなかった。ということは、この部屋まで到達していた可能性がある。辺りを調べてみないと。

シャノンは眩しい黄金の山の中を、死角からくまなく探してみる。

すると、金塊が積み重なっている机の前に散らばった白骨を見つける。

「これは……」

近寄ると、それは一人だけのものではなかった。頭蓋骨が三つあるところから、恐らく、三人の集団だろう。

つまり、ここでまとめて死んだのだ。

肉は既に朽ち果て、残されたのは荷物と白骨のみ。

白骨に紛れて、いくつかの金塊が散らばっている。

「金塊を掴んだところで死んでしまった……と。なるほど。この部屋の違和感は黄金か」

そこでシャノンは気が付く。この部屋の異変に。

一つの金塊を拾い上げ、魔法をかける。すると、コポコポと紫色の液体が金塊の中から浮き上がってくる。

ロウの毒を抜いた時と同じ魔法。つまり、金塊の中に毒が仕込まれていたのだ。

黄金に仕込まれた大量の毒。さらに、部屋の黄金全てに魅了の魔法がかけられている。

シャノンでさえ目を奪われるのだ、普通の人が抗えるわけがない。

黄金で誘い出し、魅了し、毒を以て片付ける。

墓荒らしへの最後のトラップという訳だ。

とりあえず、遺品を調べてみよう。

「えーっと……」

鞄や衣服、武器などが散らばっている。それらを掻き分けながら、目当ての物を探す。

すると。

「あっ、これ」

シャノンは一つの頭蓋骨の真下に落ちていたペンダントを拾い上げる。

鈍く銀色に光るペンダントには、Lの文字が彫られている。

ロウの言っていたペンダントの特徴と一致する。

「……そうか。ちゃんと一番奥まで来れてたんだね」

シャノンはその遺骨をじっと見つめる。

ここで果ててしまったが、きっと自分の望んだ景色にたどり着けたのだろう。

最難関の迷宮の最奥。これ以上ない結果だ。

シャノンは遺骨の荷物をまとめて保管庫に放り込む。

「さて、一緒にロウさんのところに戻ろう」

「うっ……」

ロウは少し苦しそうに顔をしかめ、ゆっくりと目を開ける。

「あ、起きたんだ。おはよ」

「あれ……ここは……？」

ロウはベッドから起き上がると、きょろきょろと周りを見回す。

そして自分が寝ていたのが、王墓の通路ではなく、迷宮に近い村にある宿屋の一室であることに気付く。

「宿屋……？　迷宮は——うっ！」

身体（からだ）を動かした衝撃で、ロウは傷を負った足の痛みで顔を歪（ゆが）める。

両手で足を押さえ、いててと呻（うめ）く。

「あぁあぁ、まだ駄目だよ、安静にしてないと。治り切ってないんだからさあ。お医者さんに処置はしてもらったけど、まだ動いちゃ駄目だよ」

「そういや、ヘマして怪我してたっけな……。そんなことより、あ、あいつの遺品は……!? ワシはあいつの想いを持ち帰ることが……」

悲痛な表情をするロウ。

シャノンはベッドのサイドテーブルに置いていたペンダントを取ると、ロウの前に掲げる。

きらりと鈍く光る銀色のペンダント。

「こ……れは……」

ロウは目を見開き、恐る恐る手を伸ばす。

そのペンダントを受け取り、そっと指でなぞる。

彫り込まれているのはLの文字。

瞬間、ロウの顔がさらにシワシワと歪む。今度は痛みからではない。

「レオ……!」

「これで合ってたみたいだね」

「あぁ……! ありがとう……! まさか本当にあいつの遺品が回収できるなんて……」

ロウの目に、涙が浮かび上がる。

そのペンダントをぎゅっと握りしめ、額を近づける。

「本当にって、回収するつもりじゃなかったの?」

「いや、するつもりではあったが……そう単純でもないことはわかっていたさ。ワシはもう老いぼれで、カミさんも息子も既にいない。冒険者生活の最後として……いい最後だと思ったんじゃ。そこで果てるのがな」

しみじみというロウに、シャノンは肩を竦める。

その気持ちは、シャノンには理解できた。

「じゃあ余計なことしちゃったかな」

「そんなことはない！　本当にありがとう。生きて目的を達成できるに越したことはない」

「なら良かったよ。……あーあ、けど、結局また死ねなかったなあ」

大きなため息を零す。

すると、ロウが目を見開いてシャノンの顔をまじまじと見る。

「ど、どしたの？」

「その言葉……そう……そうだ、思い出した……！」

「？」

「シラノ平野でのオースト王国とバルキア帝国の戦争……あの戦場に、君がいた」

何か確信を持った様子で、ロウは口元に手を当てる。

「金の髪に白い肌……そのクリッとした緑の瞳……。確かにあの戦場で、ワシが見上げた少女のものだ。戦場に、あんな可憐な少女が二人として舞い降りる訳がない」

「シラノ平野での戦争……あっ」

ロウにそう言われて、シャノンは記憶の端っこにあった戦いの記憶を思い出す。

確かにその頃、シャノンはバルキア側に雇われ、兵士の真似事をしていた。

俗に言う傭兵のような存在だった。ある特殊な理由で戦場に立たざるをえず、その身を戦場に晒し、魔法を行使して戦局を大きく動かしていた。

「あー、あの戦いにいたのか」

「お、覚えてるのか!?」

「いやあ、さすがにロウさんがいたかどうかまでは覚えてないけど……確かにその戦場にいたかも」

「や、やっぱりあれは本当にお嬢ちゃんだったのか……？」

ロウは興奮気味に声を上ずらせる。

若い頃の記憶が蘇ってきているのだろう。

「うーん、どうだろ？　確かにいたけど、本当にロウさんの前だったかは、はっきりはしないね」

「いや、いやいや……あの場にいたのなら、あれはお嬢ちゃん以外の何者でもない！　ワシは、確かにあの戦場でお嬢ちゃんに会った！　そしてそれが、ワシの転機となった」

ロウは感慨深そうに目を細める。

「あの時もお嬢ちゃんは確か、〝また死ねなかった〟とよく野営の時に言っていた。ワシは、この人は何言ってるんだろうといつも思っておった。……そしてその後、お嬢ちゃんはワシを庇って全身に矢を受け、血だらけになって敵地から逃がしてくれたんじゃ。そのおかげでワシは今も生きている……！　お嬢ちゃんは、てっきりあの時死んでしまったとばかり……」

「いやー、実は私、不老不死なんだよね」

「はっ……」

ロウは思わぬシャノンの言葉に、一瞬息を呑む。

しかし、すぐに口角が上がる。

「は……はは……！　どうりで……！　あの頃の姿のままだ。そりゃ不老不死でもなければ有り得んじゃろ」

「あはは、あっさり信じちゃうんだ」

「ワシは自分の目で見たものしか信じん。つまり、ワシの目で見たあの日のお嬢ちゃんと、今目の前にいるお嬢ちゃん、それが同一人物である以上、不老不死であることはなにもおかしくない。明らかに致命傷だったのに生きておるしな」

ロウは髭を撫でながらニヤリと笑う。

「ワシは、あの出来事をきっかけに強くなることを求めた。ある意味ワシを作ったのはお嬢ちゃんと言っても過言ではない。ありがとう」

「いやー感謝されるほどじゃないよ。全然いいって！　私は勝手に死にたかっただけなんだしさ」

「なるほどな、そうやって旅をしている訳か。その戦場と、今回の迷宮。ワシは二回も助けられた。二回もお嬢ちゃんに助けられたのは、ラッキーだったたんだろうな」

ロウは満面の笑みを浮かべる。

久々の再会。あの酒場でのナンパは、どうやらナンパではなく本当の記憶だったらしい。

世界は想像以上に広く、長い間旅をしていると、昔出会った人と再び会うことは滅多にない。

シャノン以外の人間の時間は余りにも短く、もう一度その短い人生の中で出会うということは、それほどあることではないのだ。

だから、この出会いはロウの言う通りラッキーなのだろう。

「また、別の死に場所を探しに行くのか？」

「そうだね、この村でやれることは終わったし、また次の場所へ行くよ」

「死ねるのかね、お嬢ちゃんは」

言われて、シャノンは肩を竦める。

「そう信じているけどね。もう長いことこのままだよ」

「そりゃあ難儀だ。だったら、また会えそうだな」

「さすがに次会う時はもう死んでるんじゃない、ロウさんがさ」

「だっはっは！　何気に酷いこと言うな！　だがそうじゃな、もう二度も救われたんだ、これ以上はばちが当たるというものだ」

ロウは楽しそうに笑う。

息子の遺品を回収する。そのためだけに生きてきたのだろう。

張り詰めていた糸がほぐれ、酒場で出会った時よりも優しい顔をしている。

「それじゃあ、私は行くね。命大事にね〜。怪我はちゃんと治してから動くんだよ」

そう言って、シャノンは荷物を背負う。

「せわしないな、もう行くのか」

ロウは少し悲しそうにつぶらな瞳でこちらを見つめてくる。

「ちょっと隙間の時間でこの村に寄っただけだからね。けど、楽しかったよ、ナンパされてさ」

「ナンパじゃないっての！」

「あはは、それじゃあね。もしまた会えたらまたナンパしてよ」

「言われんでもそのつもりじゃ」

そうして、シャノンは手を軽く振ると、部屋を後にする。

ロウは手を振り返し、閉まっていく扉を見つめる。

手に握った息子のペンダントをもう一度見つめ、強く握り直す。

五十年前に助けられた少女との再会。誰に言っても信じてもらえないような体験だと、

ロウは一人笑った。

四章　新米魔法使いと一緒に捕まってみる

"SHANNON CRAVES FOR MORTALITY"

晴れ渡る空。

周囲の木々が微風で揺れ、何とも絶好の旅日和だ。

「ふんふーん」

無意識に鼻歌が漏れ、一人森の中の街道を歩く。

一か月ほど前にエルドアの街を出て以来、大きめの街には一度も寄れていなかった。そのため、小さな村々を転々としてきたが、そろそろ街で少なくなった日用品などを買いだめしたいところだ。

下着類も数が少なくなっていた。旅の中でいろいろと酷使するせいで、あっという間に寿命が来てしまうのだ。そろそろ大浴場にも入りたいし、ここら辺が頃合いだ。

この街道をひたすらに進めば、その先にオルフェスという街がある。辺境の街だが、それだけ旅人も多く娯楽施設が集まっている。

あともう半日もすれば着くだろう。

そんなことを考えながら街道を進んでいると、街道沿いの茂みから、お尻だけがこちらに飛び出している何かを見かける。

「……お尻？」

そのお尻は、茂みの先で何かをしているのかフリフリと動いている。

じーっとそのお尻を眺めていると、ふと茂みの奥から声がする。

「えーっと……これはカモミールで……こっちがコンフリー……」

カモミールにコンフリー。つまり、薬草（ハーブ）だ。

どうやら薬草の採取らしい。

少しして、ガサガサと大きな音がした後、プハァッ！　と茂みから勢いよく頭が飛び出してくる。

赤い髪が、放射状に広がる。髪に絡まった草や枝が、その必死さを物語っている。

少女は両手いっぱいに薬草を抱え、満足気にその頰（ほお）を膨らませる。

「大分凄（すご）いんじゃないこれ⁉　もしかして私って……才能ある⁉」

目を輝かせ、少女はその場でくるっと一回転する。

すると、丁度真後ろに立っていたシャノンとピタリと目が合い、一瞬時が止まる。

そして、少女はまるで幽霊でも見たかのように美しい叫び声を上げる。

「ぎゃあああああああああ‼」

少女は両手に抱えた薬草を宙にぶん投げ、後ろ向きに倒れ込んだ。

宙に薬草が舞う。

「わっ、大丈夫⁉　ごめんごめん、なんか驚かせちゃった⁉」

シャノンは苦笑いしながら尻もちをついた少女に手を差し伸べる。

「いたたた……び、びっくりしたよ……。心臓に悪いよお……」

少女は渋い顔をしながら、差し出された手を摑み立ち上がる。

「……って、薬草が！　せっかく集めたのにい！」

少女は頭を抱え、涙目で叫ぶ。

「あーごめんね、私も拾うの手伝うよ」

「薬草わかる⁉」

「わかるよ、もちろん。任せて」

「じゃ、じゃあお願い！」

そうして、二人は地面に散らばった薬草をかき集める。

拾い集め、少女の持ってきていた籠にそれらを全て入れ終えると、ふぅと一息つく。

「ありがとね。何とか全部回収できたよ」

「いやあ、驚かせちゃった私が悪いし」

「いやいや、私昔からビビリで……。えーっと、あなたの名前は？」

落ち着いたところで、少女が当然の疑問を口にする。

「私はシャノン。よろしくね。ちょっと通りかかったところで君を見つけてさ。気になっちゃって後ろから見てたんだ」

「き、気になった？」

少女は不思議そうにむむっと眉を八の字にする。

するとシャノンは少女の服を指さす。

「その服、ローブでしょ？　あとそこに落ちてる帽子も魔法使いの帽子だし。てことは、あなた魔法使いでしょ？」

汚れてはいるが、染みや傷の少ない恐らく下ろし立てであろうローブと帽子。腰のホルダーにぶら下げた杖（つえ）は頻繁に使われているような痕跡はない。どう見ても、新人魔法使いだ。

言われて少女は、あぁっと口を大きく開ける。

「あっ、なるほど、そういう！　そういえば先生が魔法使いは珍しいから話しかけてくる人も多いだろうさって言ってた……――けど、あなたもだよね……？」

少女も同様にシャノンの羽織っているローブを指さす。

「そのローブ……魔法使いだよね？」

「そうそう！　ほら、魔法使いって希少でしょ？　だから気になっちゃったというかさ。話したくなっちゃって！」

すると少女も嬉しそうに両手を上げる。

「わー私も!!　同期はもういろんな国に散らばっちゃったし、近くに魔法使いなんていないし……寂しかったんだよ～～」

少女はしくしくと泣き真似をしながら、目元をぬぐう。

「私、サラ！　最近魔法学校を卒業したばかりの新米魔法使いでして……」

えへへと少し照れながらサラは頭を掻く。

「魔法学校ってことは、この辺りだとエヴァンド？」

魔法学校ができたのはここ最近だから知識としては疎いが、確かこの辺りだとエヴァンドに魔法学校があったはずだ。

しかし、サラは頭を振る。

「いや、そこって廃校してなかったっけ？　もう三十年前くらいに……」

「えっ」

時の流れは恐ろしい。これがジェネレーションギャップと言うやつか。

「あはは、シャノン流の冗談？　面白いね。私はエルモア魔法学校だよ」

シャノンは「あぁ」と手をポンと叩く。

「そっちかそっちか、なるほどねえ。ふんふん、いやあ、魔法学校も減ってきたからさ、いろいろとごっちゃになっちゃって」

まあエルモア魔法学校など知らないんだけど。

どうやら何百年も旅をしている間に、世界は目まぐるしく変わってきているらしい。

昔は魔法使いの人数が多かった分、魔法界隈(かいわい)の情勢も耳に入ってきていたが、ここ最近は魔法使いが少なくて情報が入ってくることもめっきりなくなった。

そのせいで、魔法関係の情報はかなり古い。

「いや、シャノンも同じくらいの歳(とし)だよね？　あれ？　そんなごっちゃになるような学校かな」

サラは不思議そうな表情を浮かべる。

「まあまあ、実は私って魔法は独学だからさ。魔法学校事情には疎くて」

すると、サラはいきなり顔を近づける。

「ど、独学⁉　す、凄い、天才だ……」

「いやいや、そんな珍しくもないでしょ？　あれ？」

「ええ⁉　だって魔法使いになるには魔法学校に通うのが当然じゃない⁉　私のお母さんもおばあちゃんも学校出身だよ⁉」

「あれ、えーっと……」

あれ、そうだったっけとシャノンは苦笑いしながら思考を巡らせる。

同じ魔法使いだけあって、下手な嘘(うそ)は逆効果だし、不老不死であることを伝えると、どうして不老不死になったのかを知ろうとするのは、探求者でもある魔法使いにとって当然の欲求だ。下手なことは、なるべく言いたくはない。

なるべく話は合わせておいた方がいい。

ここは、便利ワードを出させてもらおう。

「ほら、独学ではあるんだけど、基本的なところは師匠に教わったの。街で唯一の魔法使いでね、才能を見出してもらって育ててもらったんだ」

「ああ、なるほど。そういうパターンもあるんだね。確かに魔法学校に行くだけが魔法を学ぶ方法じゃないしね、納得だよ」

サラは素直に納得し、なるほどなあと頷く。

「私、魔法使いに会えるなんて、学校卒業して以来だよ！　こんなところで会えるなんて……！　嬉しいなあ、しかも同年代！」

「同年代――だね！　そうだね。嬉しいなあ」

二人はぎゅっと手を握り合い、ぶんぶんと上下に振る。

「私、この先の街で暮らしてるの。これから戻るんだけど、シャノンは？」

「オルフェス？」

「そう」

「私もそこに向かっていたところ。大浴場入りたくてさあ」

「わ、いいね！　一緒に入りに行こう！」

「いいの？　やった、じゃあ一緒に行こうか」

「うん！　あっと、荷物まとめないと！」

サラは荷物をぱっぱとまとめると、大きめのリュックに強引に詰め込んでいく。

準備万端のようで、にっこりと笑いグッと親指を立てる。

「ささ、行こ！」

二人は話したい話を、思い思いに語り合う。

魔法使いは人に言えない話も多い。魔法を使えない人にとって、魔法とは未知のものだ。

魔法という便利な力を使えることから、隙を見せると利用されることもある。

だからこそ、気を許して魔法の話ができる相手は意外と少ないのだ。

「いやあ、やっぱり魔法の話を気楽にできる相手はいいよねえ」

サラはご満悦の表情で言う。

「あんまりそういう機会ないからね。魔法使い自体少なくなったし」

「うんうん、魔法道具とかもさ、結構買える店も限られてるし、数が少ないっていうのも不便だよねえ。ほら、杖選びとか本当大変で……」

サラは自分の腰のホルダーを撫でながら言う。

「わかる」

杖はかなり好みが分かれるのだ。

シャノンが使っている杖も、かれこれ百年以上は使っている。

「好みの木を探すのも一苦労だし、それが魔法に向いてるかも調べるところからだしね。まあそれだけ愛着も湧くんだけどさ」

すると、その話を聞いてたサラはポカーンと口を開けて不思議そうな顔をする。

「な、何……？」

「あっ、笑うところか！　ごめんごめん！」

「いや、別にそんなつもりはなかったけど……」

なにやら今の時代の魔法使いの杖事情とは異なっているようだ。

「ええ、だって杖なんてお店で買うものじゃん！　今時手作りなんて品質が心配だし、聞いたことないよ」

とサラは口元を手で押さえクスクスと笑う。

どうやら最近の魔法使いは杖を既製品から選んでいるようだ。それじゃあ良い魔法は使えないというのに。

時代が変わるとはこういうことなのだろうか。

「そういえば、シャノンはスターブルームは得意？」

「すた……え？」

訳のわからない単語にシャノンは顔をしかめる。

「えっ⁉　私と同じ歳で魔法使いならみんな知ってると思ったんだけど……。ほら、箒に跨ってレースするやつ。流行らなかった？」

「箒で飛ぶの？」

「まあ、専用の魔法で整備されたグラウンド内限定だけどね。知らなかったんだ」

「ま、まあ私の師匠はほら歳だったからさ、そういう今時の魔法には疎くて……」

「ああ、そうなんだ。そういう点では学校の方が楽しいかもね」

と、サラは何だか釈然としない様子で首をかしげる。

どうやら普通は知っているという認識のものらしい。

常に情報を集めながら旅をして生きてきたから、何でも知っていると思っていたが、どうやら現代の魔法使いのあれこれについてはよく知らなかったらしい。

昔と現在の魔法使いのギャップに困惑しつつも、サラとの会話は楽しかった。

純粋に最近の魔法使い事情を知れるのも楽しいし、何よりサラが思ったよりも人懐っこく、すぐに打ち解けてくれたおかげで、久しぶりに友達のような時間を過ごせていた。

「なるほど、物の浮遊にそんなコツが……」

サラは使い古された本を開き、ペロッと舌なめずりしながらそこにシャノンの言葉をメモしていく。

「大分読み込んだ本だね。しっかり魔法の勉強してるんだ」

「ああ、これ？」

サラは本を閉じると、その表紙を見せる。

特に何も文字は書かれていないが、高価なもののようだ。

「皺とかインクが滲んでるところとか、凄い年季を感じるね」

きっと、学生時代から使っている、大切な本なのだろう。

沢山それで勉強して、こうして今立派な魔法使いとして働いているだ。

が、しかし。サラは気まずそうな顔で言う。

「あーっと、これは実はその……雨ざらしの結果こうなっておりまして、ただべっちゃべちゃにふやけちゃったのを乾燥させてそのまま使っているだけで、特に使い込んでいる訳ではないというか……」

「ただの貧乏性だった⁉」

「だ、だって紙って高いし‼　私の給料少ないんだよ！　切実なんだよ！」

サラはうるうるとした目で縋るようにシャノンを見つめる。

「シャノンが新しいの買ってよ〜〜」

「わ、わかった、わかったから。街着いたら買ってあげるよ」

「え、いいの⁉」

サラの目が瞬時にキラキラと輝く。

「一応魔法使いとしては先輩だしね。新米魔法使いのあなたにプレゼント贈ってあげるよ」

「わーい！」

サラは嬉しさのあまりその場でジャンプし、ぐりぐりとシャノンに身体をすり付ける。

シャノンは、はいはいと流して、サラをぐっと押し返す。

「──それにしても、シャノンってかなり魔法詳しいね。私の知らないことも多いし、何だか大昔から魔法を学んできたみたい」

「そう？　まあ小さい頃から魔法学んできたし、そのせいかな」

「うーん、もしかして、本当はおばあちゃん？　魔法で若返ってるとか？」

「それは冗談？　本気？」

「あ、あはは……冗談、みたいな」

じとーっと薄い目で見るシャノンに、サラは気まずそうに頬を掻く。

確かにもう何千歳だけど、見た目は十代だし。

「若返りの魔法なんて、あんな寿命を削る魔法使いたくないよ」

「何言ってるのもー」

サラは笑いながらパシッとシャノンの背中を叩く。

「え？」

何を笑われたのかわからず、シャノンはポカンと口を開ける。

「えって……え？　若返りの魔法なんて御伽噺(おとぎばなし)でしょ？」

「いや……」

おかしい。若返りの魔法は一時期魔法使いのなかで社会問題になった魔法だ。

若さを求めたがるのは特に魔女に顕著だった。しかし、そんな都合の良い魔法がある訳がなく、若返れば若返るほど寿命が縮み、老化が早まる諸刃(もろは)の剣だった。

だが、どうやらこの様子だとサラは存在自体、知らないようだ。

「えーっと、そう、冗談冗談」

シャノンはあははと愛想笑いする。

「だ、だよね！　シャノンって結構冗談言うんだね」

「そりゃそうだよ、旅先で笑いは大事だからさ」

そんなシャノンの発言に何とか納得し、サラはまた会話を続ける。

シャノンもよく会話する方だが、サラの方がさらにおしゃべりなようだ。

そんなサラに、何となくかつての師匠のことを思い出す。特殊な魔法を研究していた魔法の権威。魔法全盛の時代にて、天才の名を我がものとしていた男。

——そして、シャノンを不老不死へとした張本人。

だからこそ、シャノン自身は死に方を知らない。不老不死の治し方もわからない。だから、ただどこかに転がっているであろう、不老不死でも死ねる方法を探しているのだ。

「でもいいなあ」

「何が？」

「シャノンは好きに旅をして、好きに魔法を使って……自由で」

「どういうこと？」

一瞬サラの顔が曇ったように見えた。

何か思い詰めているような、そんな顔。

しかし、すぐにその表情はパッと明るくなると、脇の草むらの方へ視線を向ける。

「あっ、ちょっと待って！」

サラはシャノンを静止すると、すぐさま草むらに駆け寄る。

そして、うんしょと声を上げてしゃがみ込む。

「どしたの？」

「カモミール！　ここにもあった！」

嬉しそうな声を上げ、サラはうきうきで採取する。

さっきも大量に籠に採取していたが、まだ必要だったとは。

「薬草、そんなに沢山必要なんだ。調合の訓練とか？」

「ううん、これはお母さんの――」

「へえ、こんなガキが魔法使いか。わからんもんだな、世の中さ。なんか不公平じゃね」

「!?」

瞬間、ガシッとサラの両肩が掴まれ、ほぼ同時にシャノンの周りにも二人の男が取り囲む。

「な、なに!?」

「おっと、あんまり動くなよ。怪我するぜ」

男の手には剣が握られていた。

身なりからすると、恐らく山賊の類だろう。

ニヤニヤとした笑みを浮かべ、うねった髪をいじいじと触っている。

サラは恐怖からか硬直している。

魔法を使えばすぐにでも突破できるが、シャノンの危険センサーが、僅かだが点灯していた。

「……急に手荒だね、お兄さんたち誰？　ただの道に迷った人たち……って感じじゃなさそうだけど」

「ゲインさん、こいつなんだか生意気っすね。見せしめにしときます？　こっちは関係ないっすよね」

「まあ待て」

ゲインと呼ばれたリーダーらしき男は、片手を上げると部下の動きを静止させる。

よく見ると、サラやシャノンの周りにいる以外にも、さらに外側を仲間が取り囲んでいる。

簡単には抜け出せなそうだ。

だが、この状態もある意味刺激的で悪くはない。

「そっちの女も面は悪くない。目的外だが、売り払うって手もある。美少女魔法使いなんていいショーになりそうじゃねえか？」

確かに、と男たちは笑い声を上げる。

「私にショーをさせるなら、結構高くつくよ」

「はは、気も強いときた。いいね、悪くない。お前は後で相手してやる。今はそれより先にお前だ、新米魔女」

「わ、私⁉」

サラは怯（おび）え、身体を震わせる。

「ビクター・オディム」

「!!」

名前を聞いた瞬間、サラの表情が凍り付く。

まるでその名前を聞きたくないかのような、そんな顔だ。

「そ、その名前をどうして……」

「俺たちもあいつをよーく知っててな。あのクソ野郎の研究に巻き込まれて、こっちは大勢部下やら金やらを失ってんだよ。せめてお前を苦しめて殺さねえと割に合わねえ」

「！　あ、あなたたちも……。け、けどそ、そもそもあの人の研究は――」

「そうとも、とんだ荒唐無稽な話だ!!　そんなもんに付き合わされた俺たちの身にもなってほしいぜ。魔法だからって何言っても許されるってなあ……俺たちにはわからないと思ってんだろ！　あの野郎はよ！　何が永遠の命だ、そんなもんあるはずがねえ!!　騙されたぜ、あの男によ！」

ゲインは笑いながらそう言い放つ。その言葉自体には怒気が含まれていた。

笑いながら怒るゲインと、怯えるサラ。

一方のシャノンは、そのどちらでもなかった。ある可能性に、身体が歓喜で震えていた。

もしかすると、ビクター・オディムという人物は――シャノンの探している人物かもしれない。

永遠の命……それはつまり、不老不死だ。

彼らの言うビクターは、もしかすると不老不死を研究しているのかもしれない。

いつの時代も人は不老の術を追い求める。何千年も生きてきて、その実例を目撃したのはこの身体が不老不死となった時だけだ。それ以外は、ただの紛い物。

シャノンが探している人物ではない可能性も十分にある。

それでも、そこに彼の影を感じずにはいられなかった。

「そんな……ことを私に言われても……！」

サラは今にも泣きだしそうな声で叫び、身体を暴れさせる。

しかし、がっちりと摑まれた腕は抜けることはなく、より自分自身を締め付ける。

「ッ……！」

「あの男はよ、金と地位だけはある。やりたい放題ってやつだ。そう簡単に俺たちじゃ手出しできねえ。悔しいがな。そこでだ、天才の俺様は考えた」

ゲインは自分の頭をトントンと叩く。

「だったら、雇ってる魔法使いの方を先に痛めつけちまえばいいんだってな！」

その通りだ、さすがリーダー！　と一斉に周りから声が上がる。

「へっ、よせやい」

その歓声に、ゲインは満足げに頰を緩めへヘンと鼻の下を搔く。

「だっさいなあ」

「「!?」」

突然の罵倒に、全員がその声の方を振り向く。

「お、おま、お前!!　リーダーになんてことを!」

「………」

ゲインは唖然(あぜん)とし、口をパクパクとさせている。

「ほら見ろ、リーダーがショックで口も利けなくなってるじゃねえか!」

「打たれ弱っ」

「や、やめろ!　リーダーはそれを気にしてるんだから!」

「おいバカ、それ言ったら俺たちが認めてるみたいになるだろうが!!　そんなこと思ってないですからね、リーダー!」

「あっしま――」

瞬間、ドゴーン!!　と豪快な音を立て、つい口走った男が大の字に地面に横たわる。

「………」

「誰が……だっさいって?」

ゲインは拳をぽきぽきと鳴らしながら、さっきまでの醜態がなかったかのように目をギラつかせる。

しかし、そんな脅しで引くシャノンではない。

「だって、ださいでしょ。自分じゃサラの雇い主？　に立ち向かえないから手ごろにできそうなサラを先に狙うなんて。そんなの八つ当たりじゃん」

「うるせえ。これは天才的アイディアなんだよ！　ボコされて瀕死の女が家に戻ってくれば、あの男も俺たちの恐ろしさを理解するはずさ。そうなれば、奴を俺たちの前に引きずり出すことができる。そうすれば、俺に負けるなんて展開はねえ」

「その通りだ！」

「おぉ‼」

配下の男たちが、一斉に感嘆の声を上げる。

アホだが、一応は彼らのリーダーをやっているだけはあるようだ。まとまり方や忠誠心が高い。

「だからよ、悪いが犠牲になってもらうぜ」

言いながら、ゲインは服の内側に潜ませた巨大な刃物をちらっと見せる。

拷問の道具だ。血がこびりついているのが見える。しかも錆びている。簡単に切れない分、かなりの苦痛を伴うだろう。

それを見て、サラの血の気が引いていく。もはや叫ぶ気力はなく、ただ青ざめ怯えている。

「もしかして私も？」

「当然、俺の尊厳を踏みにじったお前も道連れだ」

言われて、シャノンは咄嗟に口元を押さえる。

「はっは、今更怯えても遅い。お前の愚かな行動がこの結果を……って、てめえ笑ってんのか？」

拷問はしばらく受けていない。拷問には死を覚悟するものがいくつもある。

この男は恐らく、人の死をいとわないタイプだ。しかも、サラと違いシャノンはただ怒らせた腹いせに拷問される。ぎりぎりまで痛めつけて、そのまま殺しきる可能性もなくはないだろう。

もしかすると、拷問を受ければ死ぬことができるかもしれない。

今までの死と比較して特段特別酷いという訳ではないが、悪意を持った拷問は不老不死を超越するかもしれない。実際、シャノンの身体がどこまでの痛みや死に耐えられるかは、まだその全てをわかった訳ではない。

なにより、死の可能性がたとえ低くても身近にあるのだ。好奇心を抑えられる訳がない。

そういった考えが頭によぎった瞬間、シャノンの顔は無意識に笑みを零していた。

「拷問、いいじゃん。受けて立つよ」

「……イカれてんのかこの女……何笑ってやがる。それとも、恐怖で正気を失ったか？」

「ん？　私はいつも通りだけど」

きょとんとするシャノンの姿に、男たちは何か他の奴とは違い、こいつには何かがあると感じ取る。そして、自然とぴりついた空気が流れる。

その光景を見て、サラがやっと口を開く。

「ま、待ってシャノン！　そんな、私のせいであなたまで……やっとできた同じ魔法使いの友達を失うなんて……！」

「サラ……！」

そうだ、確かに拷問は魅力的だ。

だが、シャノンが拷問を受けるということは、サラも受けるということだ。

このか弱い新米魔法使いを？　シャノンが死ぬかもしれないほどの拷問に巻き込む？

それは、シャノンにとっては許容しがたいものだった。

サラの言葉はシャノンにも当てはまる。シャノンにとって久しぶりの魔法使いの友達。

そんな子を、自分と同じ目に遭わせたくはない。そもそも普通、人間にとって命とは一つなのだ。

こんな怯え切った子を、自分の目的に巻き込む訳にはいかない。さすがにそれは、シャノンの善の心が許せなかった。

「……やっぱなし！」

「は？」

「拷問なし！　事情が変わった」

「はっ、今更怖気づいたか？」

「違うよ。やっぱさあ、復讐のためにこんなかわいい子を使うのは良くないと思うよ？」

腕を組み、シャノンはうんうんと一人頷く。

「だからさ、ここは私が君たちを退治します」

「はっ……ははは！　おいおい、まじでイカれちまったぞこの女！　俺たちを倒すってよ！」

「それは面白いっすね！　傑作だ！」

男たちの笑い声が響き、一斉に場が沸く。

そんなアウェーな場所でも、シャノンは余裕の笑みでゲインを見つめている。

「……気に食わねえな。その私が中心だとでも言いたげな余裕な態度」

「そんなつもりはないんだけどな」

「どうだか。だが、この期に及んでも動じねえとはさすが魔法使い様だ。どうやら頭の中は空想でいっぱいのようだな。なあ、サルヴァン！」

「まったくです」

呼ばれて、オールバックにした眼鏡の男が一歩前に出る。

「相手してやれ、とりあえず腕一本だ。その後じっくり嬲ろう」

「わかりました」

サルヴァンは静かに腰の剣を抜く。

「さて、サルヴァンの剣の腕前は一級品だ。高々数年学んだ程度の魔法使いなんて相手にならないぜ？」

サルヴァンは眼鏡をくいっと上げ、剣をゆっくりシャノンの方に向ける。

「女を斬るのは好きではないのですが……」

「いやあ、剣を向けられてそんなこと言われてもさ、あんまり説得力ないよ」

「その通り。命令とあらば躊躇する理由はない。こだわりは命令の前に跪く」

「見せてやれサルヴァン。世界の広さをよ。誰にたてついたかを教えてやれ！」

「シャ、シャノン！」

サラは涙を流しながら、シャノンの名前を叫ぶ。

絶望がサラを覆い尽くしている。

「ははは！　魔女ども、泣きわめけ!!　今日がお前の命日――」

瞬間。

サルヴァンはゆらりと身体を揺らすと、そのまま前のめりに倒れ込み、そしてドサッと地面に横たわる。

カランと、手に持っていた剣が虚しく地面に落ちる。

「あれ？　一撃？」

キョトンとするシャノンを前に、ゲインたちの顔は満面の笑みから一瞬にして険しい表情へと変わる。

対人戦闘用の簡易魔法、〝空気砲（ブラスト）〟。

魔法使いにとってもっとも汎用的な、攻撃用の魔法だ。

「はっ……？」

シャノンは杖（つえ）の先端をふぅっと吹き、満足げに腰に手を当てる。

「こっちは魔法、千年以上学んでるんだからね」

「千年⁉　ふざ……けてんじゃねえ‼　おい、サルヴァン！　起きろ！」

しかし、腹に魔法が直撃したサルヴァンは、完全にノックアウトしていた。

意識を失い、涎（よだれ）を垂らしながら白目をむいて倒れている。

「なんだこの女……」

「魔法使いって全員こんなかよ⁉」

「シャ、シャノン……？」

サラは、目の前で繰り広げられていることが理解できず、ただただ唖然とシャノンを見つめている。

ゲインは怒りでプルプルと震え、額に青筋を立てる。

そして、剣を抜くとこちらへと向ける。

「――殺せ。全員でだ！」

「う……うぉぉおおおお‼」

こうして一気に乱戦が始まった。

周囲を取り囲む男たちが、一斉にシャノンへと襲い掛かってくる。

しかし、シャノンは次々と迫りくる男たちを、身につけた護身術でさばいていく。

「えいっ！」

「えあああ⁉」

「ほっ」

「いったああ‼」

「ふんっ！」

「ぐはあああ！　腰がっ！」

奇怪な声を上げながら、男たちが、次々と吹き飛ばされ、再起不能になっていく。

さらに、護身術に加え、魔法も織り交ぜていく。

遠距離は魔法、近距離は護身術。隙がないとはこのことだ。

サラを捕えていた男も戦闘に参加するためにいなくなり、いつの間にか彼らの本当の目的だったはずのサラは、自由の身となっていた。

しかし、サラはその場から動かず、怯(おび)えながらもどこか興味深そうにその戦いを見つめている。

しばらくすると、周囲を囲んでいたはずの男たちは殆ど倒れ、地面には気絶した山賊たちによる絨毯が広がっていた。

「な、なんだこの女、めちゃくちゃつえぇ……！」

「ど、どうなってんだ、魔法使いはデスクワーク派じゃなかったのか……!?」

男たちは満身創痍で息を切らしながら、歴戦の魔法使いの戦いっぷりに、殆ど心が折れていた。

「本当だぜ……十代の魔法使いじゃない……まるで歴戦の達人ババアのような――ぐはっ！」

男の顔面に石がクリーンヒットし、鼻血を噴き出しながら後方へノックバックしていく。

「女の子にババアはさすがにアウトでしょ」

「シャノン……本当に凄い……！」

サラが感嘆の声を上げる。

「こんな……魔法の戦い、見たことないよ……！　ていうか、肉弾戦強くない!?　一体、シャノンって何者なの……？」

言われて、シャノンはいつものように笑う。

「私は、ただの旅の魔法使いだよ」

「いや、でも……そんな、旅してるだけでこんな強いなんて……」

「もしかして私って結構武闘派だった？」

「もしかしなくても今はもう武闘派にしか見えないよ⁉」

「そんなあ……。まあでもそれもカッコいいか」

シャノンは得意げな笑みを浮かべる。

と、その瞬間。

サラの表情が、一瞬にして凍り付く。

その視線は、シャノン――ではなく、その後方に向けられていた。

「うおらあああ！　不意打ち上等！」

そして、ドスッ！　という衝撃が身体を襲う。

背中の左側辺りに、ローブの上から何かが深く突き立てられる感覚。

真後ろには、傷だらけの男が立っていた。その手には、血の付いたナイフが握られている。

「シャノン!!!」

「くっくっく……どうだ……やってやったぞ！　俺が、俺が最強だ!!」

男は血の付いたナイフを放り投げ、勝利の雄たけびを上げる。

もう男を阻むものは何もない。そう確信したからこその雄たけびだった。しかし。

「いったいなあ、もう」

「――へ？」

「ローブに穴開いちゃったじゃん……」

シャノンは悲しそうに背中側の穴の開いた部分を見ている。

「いや……いやいや……背中刺したんだぞ？　何で……何でそんな平然としていられる⁉」

「んー、根性？」

「んな訳あるか、この化け物が――」

瞬間、シャノンは杖を振る。すると、強力な風が吹き、男の身体はどんどん後方へと押しやられる。必死に吹き飛ばされないように耐えるが、その顔は風圧で肉が後方に引っ張られ酷いことになっていた。

「んが……んが……!!」

「耐えるなあ。じゃあこれでおしまい！」

そしてシャノンがもう一振りすると、今度はさっき以上の風が吹き荒れ、既に戦意喪失した男たちをも巻き込んでそのまま後方の木へと吹き飛んでいく。

男たちは叫びながらそのまま木に激突し、悶絶しながら気を失った。

そうしてその場に残されたのは、ゲインただ一人となった。

　ゲインは腰を抜かし、地面にへたり込んでいた。

　シャノンは、そっと鼻先に杖を突き付ける。

　ゲインは、ごくりと唾を飲み込み、激しく瞬きをすると必死で両手を左右に振る。

「ま、待て！　待ってくれ！　わかった、わかったから！」

　何がわかったのか、こちらがわからない。ただ、ゲインが命乞いをしようとしているのだけはわかった。

「お、俺はもうお前たち魔法使いに手を出さない。本当だ！　だからここは手打ちにしよう、なあ？」

　呆れるほど情けない言葉に、シャノンは深くため息をつく。

「呆れた。……良かったね、部下の人たちが気絶してて。あれだけ持ち上げてたリーダーのこんな姿見たら、みんな泣いちゃうよ」

「あ、あは、はは……」

「けどまあ、手打ちって言うけどさ、そもそも私たちは拷問なんてされる必要なかったんだからなんも譲歩されてないよね？　どこが手打ちなのかなあ？」

　ニコリとシャノンが笑う。

　その笑顔に、ゲインは恐怖を覚える。

「い、いや、でもだな、ちょっと考えてみていただけると――」

「とりあえず痛い思いしたらもうしないでしょ」

言いながら、シャノンはゲインのこめかみに杖を当てる。

「いや、ちょ、まっ……！　はな、話を——」

「じゃあね〜」

瞬間、杖の先端に閃光（せんこう）が走り、少し遅れてバチン！　っと激しい炸裂音（さくれつおん）が鳴り響く。

それはまるで落雷のようだった。

ゲインは白目をむき、そのまま仰向（あおむ）けに倒れ込む。

頭からは、黒い煙が立ち上っている。

これで、山賊は全て片付けた。

「んん〜！　はあ、疲れたあ。まったく、お騒がせな集団だったよね、弱いくせにさ」

「そんなことより、シャノン大丈夫なの⁉」

サラが慌てて駆け寄ってくる。

「ん、何が？」

「いや、何がじゃなくて！　見せて‼」

サラはぐるっとシャノンを回転させると、背中の辺りを見る。

確かにローブには刺された痕跡が残っている。しかも、その周辺が赤黒く染まっている。

「やっぱり……早く手当てしないと、私ハーブ持ってるか……ら……？　あれ？」

次第にサラの言葉が弱くなっていく。

「どしたの？　――って、うわ、何で⁉」

サラは無言でシャノンのローブを脱がせ服を捲ると、白い肌にぴたりと手を当て、すうっとなぞる。

「あっ……！　も、もう、くすぐったいって！」

シャノンはクシャッとした顔で笑う。

「いやだって、ここに刺し傷が……あれ、ない……？　確かに刺さったの見たはずなのに⁉」

そこには、傷跡など一つもなかった。

かすり傷もない。肌荒れすらない完璧な肌。

シャノンが触られて変な声で笑うのを無視しながら、サラはひたすらに触る。

そして、一つの結論を導き出す。

「これじゃあまるで……超回復……いや、でもそれだけじゃない違和感が……」

今までのシャノンの言動、あまりかみ合わない話。

そして、千年学んだというさっきの言葉。それらが、サラの思考を加速させた。

「まさか……いや、そんなまさかね」

そう言って、サラはシャノンの服を元に戻す。

「やっと終わったか。満足した？」

「ま、まあ……ね」

「そか、まあいいならいいけど。それより、サラも大丈夫？　腕とか強く握られてたけど」

言われてサラはブンブンと手を振る。

「大丈夫だよ、私は。摑まれてたって言ってもそんな長い間じゃないし。それより、この人たちどうしようか。ここに寝かせててもいいのかな？」

「うーん、まあここだと通行の邪魔だし、端にでも寄せておこうか」

「だね。——あ、シャノン髪に何かついてるよ」

「ありゃ、本当？」

「うん、ちょっと動かないでね」

すると、サラはそっとシャノンの頭に杖を当てる。

「ん？　あれ？　その杖は——」

瞬間、バチンと魔法が走る。

そして、あっという間に瞼が閉じていく。

消えゆく意識の中、倒れる身体を支えるサラの声が聞こえてくる。

「ごめんね、シャノン。私、やっぱり……」

サラの言葉が全て聞こえる前に、シャノンの意識は深い闇の中へと落ちていった。

五章　不老不死

"Shannon Craves for Mortality"

ひんやりとした空気が首筋をなぞる感覚で目が覚める。

「ん……」

重い瞼がゆっくりと開いていく。目の前は暗く、何も見えない。

どこか暗いところにいるようだ。それに、ちょっと肌寒い。

何となく上を見上げたままその空間に身をゆだねていると、次第に目が慣れてきて周りの状況が何となくつかめてくる。

当然のように頭上に広がっているのは青い空——ではなく、石造りのしっかりした天井。

どうやら外ではないようだ。後頭部はもちろんの如く硬く、地面の土という訳ではない。

こちらもまた、ひんやりとした石造りの床。

明かりのうっすらと見える方を見ると、何本も縦に並ぶ鉄の棒が目に入る。

「鉄格子……ってことは、牢屋なのかな」

シャノンは寝ぼけ眼をこすりながら、ゆっくりと身体を起こす。

そして、クシュンとくしゃみをすると、ずずっと鼻をすする。

「うあー、さぶっ」

着ていたはずのローブがない。どうやら脱がされたようだ。

明かりもないから地下牢ってことだろうか。どうやら捕まったらしい。

シャノンはとりあえず鉄格子を摑んでみる。ちょっと揺さぶってみても、びくともしない。割としっかりした牢屋のようだ。

シャノンは眠る前のことを思い出す。

サラに出会って、山賊みたいなのに絡まれて、そして——サラの睡眠魔法で眠らされた。

別に不意を突かれた訳ではなかった。

サラが考え込んでいたことも、何かのタイミングを見計らっていたことも、杖を取り出したのも把握していた。

そしてもちろん、何らかの魔法をシャノンにかけようとしていたことも。

普通なら起きたら牢屋なんて取り乱すところなのだろうが、シャノンにとって目が覚めたら牢屋なんていうのは日常茶飯事だった。今更驚くこともない。

それよりも、このハプニングによってどんな体験が待っているか、その期待感の方が格段に高く、むしろ普通に目覚めるよりもワクワクしているくらいだ。だから、この状況は願ってもいなかった。サラに感謝こそすれ怒りなど全くない。まあ、何故サラがこんなことをしたのかまではよくわからないが。

それに、少し気がかりなこともあった。

あの山賊ゲイルとの会話から察するに、サラの雇い主は不老不死を求め、研究している。

それは、シャノンがずっと追いかけている存在であるかもしれなかった。だからこそ、捕まらないという選択肢はなかったのだ。

長い間追っている存在。死んでいるのに、死んでいない存在。

それはシャノンの不老不死とは違って、もっとあいまいなものだ。

魂だけで漂い、形を持たず時に人の中に宿る、疑似的に思想としてだけ生き続ける存在。

不老不死よりもあいまいで不確かな現象だが、それでも、シャノンはその分野に関する魔法を研究していた人物を知っていた。

シャノンを不老不死にした張本人であり、シャノンの師匠でもあり、そして世界で初めて魂の在り方を解析した、魂の魔法使い――「オルランド」。

魂の魔法使いは、魂だけの存在で今も不老不死を追い求めているのだ。

彼だけが、シャノンの不老不死を終わらせる本当の方法を知っている。

「もしかしたら、この上にオルランドが……」

それが叶えば、シャノンは晴れて死ぬことができる。

不老不死を生むことができるのなら、きっと殺すこともできるはずだ。

すると、コツコツと鉄格子の向こう側から足音が聞こえ、ピタリと目の前で止まる。

「ごめんね、シャノン……こんな真似して……」

酷くかすれた、弱り切った声。

ぼんやりと見えるそのシルエットは、間違いなくサラのものだ。

「あれ、サラ」

「これ……」

サラは手に持ったプレートを、そっと鉄格子下の隙間からこちら側へと入れる。

プレートの上には、パンと冷めたスープが載っかっていた。

「わあ、ご馳走だ！　ありがとう」

「いや、お礼なんて……私は……」

神妙な顔つきのサラには特に触れず、シャノンは黙々とそれを食べる。

お腹が異常に空いていたのもあって、ものの数十秒であっという間に平らげてしまった。

「はあ、美味しかった。獄中ご飯ってのも悪くないね、たまには」

「……シャノン、本当にごめんなさい！」

サラは勢いよく頭を下げる。

「こんな状態で都合のいいこと言ってるのはわかってる。酷いことしておいて、謝って許されるなんて有り得ないって……身勝手だよね……」

サラは悲痛な顔で声を絞りだす。

「本当はこんなことしたくなかったの。それだけは信じて……。……あなたが……あなたがそんな身体だったから、私……」

サラは今にも泣きだしそうな顔で、自分の震える身体を抱きしめる。

「別にそんなに気にしてないよ、私牢屋って慣れてるし」

「いやでも……」

「不老不死。その研究でしょ？」

「な、なんでそれを……」

サラは目を見開く。

「わかるよそりゃ。で、私がいい研究材料になると思って眠らせて連れ込んだと」

「シャノンの……言う通りだよ。私は、シャノンを研究材料として引き渡した。もう、許される価値もない」

あのサラの、覚悟が決まっていた。

出会って間もないが、少なくともシャノンから見たサラは少し気弱だけど気のいい魔法使いだった。何を決断するのも、迷いが生じてしまいそうなタイプの人間だ。

しかし、今のサラは謝りはするが、決して自分の選択を否定していない。嫌われ、そして自分を嫌う覚悟をしている。

そんなの、何か事情があるに決まっている。なら。

「でも、私は許すよ」

「許さないでよ……!!」

サラは大きな声で叫ぶ。

「許さないで……シャノンは私をあの男たちから守ってくれたのに、私は自分のためにあなたをあの恐ろしい男に差し出した。きっと、シャノンは大変な目に遭う。私のせいで……」

サラはまるで自分を罰してほしいかのように、ひたすらに自分を悪く言う。

やはり、どう見ても何か事情がありそうだ。これだけ憔悴しきっているのだ、何もないということはないだろう。

「ねえ、良かったら教えてくれない？　なんでサラはその男……えっと、ビクターだっけ？　に従ってるの？」

「………」

「力になれるかもしれないしさ。教えてよ」

サラは少し逡巡したあと、オドオドした様子でゆっくり口を開く。

「わ、私……お母さんがいるの。唯一の肉親。女手一つで育ててくれて、私を魔法学校に送り出してくれた。それで、卒業して帰ってくると、お母さんは治療法がないと言われている奇病にかかっていて……」

サラは今にも泣きだしそうな声で語る。

「私が魔法学校で学んだ魔法なんて何にも役に立たなかった。沢山覚えた知識で薬草を取ってきて調合してみたけど、全く良くならなくて……」

サラは涙をゆっくり零しながら語る。

だからあんなに大量の薬草を採取していたんだ。あれはここの主人が命じたのではなく、いつか治せると信じて薬草を集めていたということだ。

サラを見ていてわかった。今の魔法学校が教えているのは、本当に研究に特化したものだけだ。戦う術も、世界をひっくり返す術も、何も教えない。

いや、もう教えられる魔法使いがいないのかもしれない。それが今の魔法使い。

だから、サラはシャノンの戦闘魔法を見てあれだけ驚いていたのだ。

「だから私、あの男に頼るしかなくて……私が学んできた魔法の知識を、ビクターの不老不死研究に活かせば、成果次第では治してやるって。だから……私はどんな酷いことでもやってやろうって……。けど、シャノンを見ていたら、自由ってなんだろうって考えちゃって」

「サラ……」

「私、一体何やってるんだろう。これまで沢山の人を……見て見ぬ振りをしながら犠牲にしてきた。そこまでして幸せを摑んだって意味ないのにね」

だが、止まれない。

サラがこれまでどれだけのことをしてきたかはわからないが、その心は罪悪感で押しつぶされようとしていた。

だからこそ、もう止まれないのだろう。もうここまで来たサラには、シャノンを差し出してこの不毛な研究を終わらせるしか道がないのだ。

「なるほどね。そんなサラの事情を利用するなんて、悪い奴がいたもんだ。不老不死を求める人間って、基本的にどこかねじ曲がってるのかな？」

言いながらシャノンは笑う。

「そんな、軽すぎない？　結構私、いっぱいいっぱいなんだけど……」

「あはは、ごめんね。けどそっか、不老不死の研究、やっぱり確定なんだ」

ということは、やはり可能性はある。

シャノンの顔が生き生きとする。

「そのビクターって人、私の探している人かも」

「え？」

魂の魔法使いオルランドは、魂という目に見えない不確かな存在を解析し、それを魔法という奇跡に落とし込んだ。

その研究はどんどん大きくなり、そしていつしか不老不死という肉体の限界をも超える魔法を生み出した。だが、その成果は、シャノンの手によって阻止された。

不老不死の代償は、あまりにも大きく、シャノンにとって、それはあまりにも看過できないものだったのだ。

シャノンにとって、それはあまりにも看過できないものだったのだ。

そしてオルランドは死んだ。だが、そこで彼の研究が大いに花開いた。

死後、彼の魂は死にゆく肉体から分離し、完全な死を免れた。

この世を漂うその魂は、不老不死だけを求めさまよう。

オルランドの魂を宿した人間は、生まれた時から不老不死を追い求める。既にオルランドの思考や人格は魂の持つ情報からはこそげ落ちているが、それでもまだ多少の知識が残っている。

その魂は、時代によって宿主を変える。

時には魔法使いに、時には傭兵(ようへい)に、時には宗教の指導者に。

至る時代、至る場所でオルランドの魂は生を受け、そしてその魂に導かれるようにみんな一様に不老不死を追い求める。

オルランドの魂を持った人間には、大なり小なりオルランドの知識が宿る。完璧に適合する肉体ならば、もしかすると全ての研究知識すら引き継ぐかもしれない。そこに、シャノンが求める真の死への情報が眠っているのだ。

不老不死を作り上げたオルランドならば、不老不死を殺す方法も知っているはず。

だから、シャノンは自分自身で死を追い求めながら、完璧な〝死〟であり〝師〟でもあるオルランドを探し求めるのだ。

その人物が、もしかするとこの地下牢のはるか上で待ち構えているかもしれない。

そう考えれば、自然と体中の力が満ちてくる。

「ねえサラ。私は感謝してるよ」

「感謝って……私のせいでおかしくなっちゃったの？」

「違うよ。サラは私を犠牲にしたって思ってるかもしれないけど、私もある意味サラを利用しようとしてる。だからおあいこね」

「…………」

サラはそれでも、苦しそうに顔を伏せる。

「彼に会えるなら、もしかすると私の目的は達成されるかもしれない」

「あの人が、本当にシャノンの探している人なの？」

シャノンは立ち上がる。

金色の美しい髪が、暗い地下牢（ちかろう）の中でひときわ輝く。

「それを確かめに行くんだよ。私を連れてってよ、ビクターのところへ。そして終わらせよう、私の長い命を！」

◇　◇　◇

地上へと続く階段を、両方の手首に枷をかけられたままサラに追従して上っていく。

一段上るたびに鎖がガシャリガシャリと音を立て、その音が階段中に甲高く響き渡る。

この場所の全容は依然としてわからなかった。だが、地下牢もそれなりの広さがあったし、出てきた囚人食らしきものは恐らく上で食べられたものの残飯だったのだろうが、シャノンが今まで食べてきた中でもなかなか上位に食い込む味をしていた。

恐らく、貴族だろう。

貴族だからこそ、あの山賊たちも簡単には手出しができなかったのだ。

「ねえシャノン」

前を行くサラが、振り返らず呟く。

「何？」

「不老不死ってどんな気分？」

その質問は、単純に興味があるからという理由で放たれたものでないことは明白だった。

サラの境遇を思えば、当然の質問だろう。

不治の病の母。その母を治すために、多くの人たちを犠牲にしてきたとサラは言う。

不老不死であれば、きっと母の命は初めから失われることはなく、そしてサラ自身も母の死というものに怯える必要もなかった。

「気分ねえ。例えるならそうだなあ……道端からみんなの旅をただ眺めている、って感じかな」

「え？」

サラは怪訝な顔をしてこちらを振り返る。

「どういう意味……？」

「サラたちのように普通の人間はさ、命に限りがあるじゃん。だからこそ、歩みを進められるんだと思うんだ。今日は昨日より、明日は今日より一歩先へ。そうやって前進していく。それは死という終わりがあるから。旅の終わりがあるからこそ、それまでの旅路を楽しみ、成長しようとあがけるんだと思う」

「わかるような、わからないような……」

サラは立ち止まり、ただシャノンをじっと見つめる。

ものすごい抽象的な話だが、サラはわかろうとしていた。

「それは素晴らしいことだよ。時間が限られているからこそ、その時間を濃密に生きていこうとする。みんなは魂が輝いてるんだよ」

シャノンはそっとサラの胸の辺りに触れる。

「一方で不老不死は傍観者。いくらみんなの真似事をしたところで、結局その輪には入れないの。私とあなたたちでは時間軸が違う。確かに不老不死は、時間が限りなくある。けどそれは、生きる価値を見出せないほどの長い牢獄のようなもの。ゴールの見えない、仲間も気付いたら抜けていく旅で、それでもサラは一人で歩みを続けられる？　その一歩一歩に意味を見出せる？」

「…………」

その言葉で直感的に悟ったのか、サラの顔が憐憫の表情へと変わる。

いかに無意味なことをしているのか。その虚しさを感じ取っているようだった。

「ま、そういうこと」

シャノンはそれでも何でもないという風に、すました顔をする。

もう慣れっこなのだ。傍観者には。

「だからかなあ、私は少しでも意味を見出したくて、いろんな人と話したり、いろんなところに行くのかも。旅の目的は死ぬことだけど、隣の道を全速力で駆け抜けていく人たちの仲間に入りたくて、一枚嚙みたくて、私は人と出会うのかもしれない」

「そっ……か」

サラはそれ以上言葉を発さなかった。

思ったほど美しくない不老不死というものに幻滅したのかもしれない。

あるいは、シャノンを憐れんでいるのかもしれない。

　だが、確かに無意味だし、虚しいし、悲しい。けれど、シャノンは決して楽しくないとは思っていなかった。死を求める旅は刺激に満ちて、人との出会いは生を実感する。

　きっと同じなのだ。不老不死も、普通の人も。

　結局、道中がどう違ってもみんな死へ向かって進み続けている。普通の人が不老不死を求めるように、不老不死は普通の死を求めるのだ。

　隣の芝生は青く見える、とはよく言ったものだ。

「サラのお母さんについて聞いてもいい？」

「いいよ」

「どんな人なの？」

「そうだなあ、優しくて、おっとりしてて、だけど私が何か危ないことすると怒ってくれるの。怒るの下手なくせに」

　言いながら、サラはくすくすと笑う。

「けど、私が魔法学校から戻った時にはもう、その病気に罹ってた。私が心配して戻ってきたら申し訳ないからって黙ってて……そんなの優しさじゃないよ……」

　サラは目元を袖でぬぐう。

「サラのことが好きなんだね」

「親バカなんだよ。まったくもう。今ではもう完全に寝たきりで、どんどん身体の力が入らなくなっていって……今じゃ面会もできないんだ。感染するからって」

「会えないんだ」

サラは頷く。

「だから……ごめんね」

「もう謝らなくていいよ。私は私の目的に都合がよさそうだったから、避けれたけどわざと睡眠魔法を受けただけだし」

「えっ⁉　そうなの⁉」

サラは素っ頓狂な声を上げる。

「わ、私睡眠魔法に関しては学校でも先生に褒められるくらい得意だったから自信あったのに……」

「はは、まだまだだね。魔法の発動する瞬間のマナの揺れを検知すれば、何系統の魔法が発動されるかは割と当てられるんだよ」

「ひええ……古代の魔法使い、怖い……」

サラは目を線のように細め、ぶるぶると震える。

「今度教えてあげるよ、私の魔法をさ」

「……うん、機会があったらね」

話しているうちに階段は終わり、すぐさま長い廊下が見えてくる。

サラに導かれながら歩き、巨大な扉の前に立たされる。

ここまで人の気配はなかった。恐らく、不老不死の研究自体が公にならないように裏で行われているのだろう。

この建物自体、もしかするとビクターの本宅ではなく、研究用の別宅かもしれない。

扉の前でサラは深呼吸すると、こちらを振り向き頷く。

シャノンはそれに頷き返す。

この扉の先に、ビクターが……オルランドの魂がいる。

長い旅だった。今まで何度かオルランドの魂を持つ者たちと対峙してきたが、今のところ不老不死を殺す方法を知るには至っていない。

オルランド自身の知識が完全な状態で魂を宿したケースは一度もないのだ。

そして、確かにその人物たちには多かれ少なかれオルランドを想起させる何かがあった。

オルランドの魂を宿したものは皆一様に不老不死を求める。

今回も、必ず何か情報を手に入れる。ここで終わらせる。

シャノンのやる気が、グンと高まる。

胸の鼓動が速まる。身体が火照っていくのを感じる。

念願の、不老不死の殺し方。それを絶対に聞き出してやる。

と、シャノンの期待に満ちた顔を見て、サラがポカンと口を開ける。

「……ここに来てそんなに楽しそうな顔をしてるの、シャノンが初めてだよ」

「あれ、そんな顔してた？」

サラは静かに頷く。

「ふふ、これでサラも少しは気楽でしょ？」

「そう言われるとそうかも」

そして。

「じゃあ、開けるよ」

「うん、お願い！」

ギギギギギ、と目の前の扉がゆっくりと開かれる。

中にはまるで玉座の間のような広い空間が広がっていた。

一枚の赤い絨毯（じゅうたん）が真っすぐと延び、その両脇には旗や鎧（よろい）、剣が並べられている。

そして正面の椅子には、一人の男が腰かけており、左右には屈強な兵士が二人立っている。

「よく連れてきたな」

椅子に座る銀の長髪の、鋭い目つきの男は、頬杖（ほおづえ）を突きながらシャノンを見る。

「ビクター様。シャノンを連れてまいりました」

サラは地面に片膝をつけ、ひれ伏すようにしながら言う。

「ご苦労。まったくよく働く魔女だ。――で、お前が不老不死の魔法使いか。なんだか思っていた以上に俗っぽいな」

ビクターはシャノンを上から下まで舐めるように見ながら言う。

「そりゃどうも。私は俗っぽいのが好きなんだよね」

「シャ、シャノン！」

「……不遜が過ぎるな。不老不死と言えど、知性は成長しないか。やはり不老不死を持つに相応しい人間は、私を置いて他にいないな」

「傲慢だなあ。さすがは私の師匠オル……オルラン……あれ？」

その時、シャノンはあることに気が付く。

このビクターという男。この距離まで近づいているのにもかかわらず、オルランドの魂を微塵も感じないのだ。

これっぽっちも。一ミクロンたりとも。

「えっと……えぇ？　そんなことってある？」

不思議に思い首をかしげる。

これだけ不老不死を求めるのに、オルランドではないことなどあるのだろうか。

「どうした、首などかしげて。なんだ、今更怖気づいたか？　私はビクター・オディム伯爵。お前のような旅の平民にとって簡単に会える存在ではないぞ」

困惑するシャノンをよそに、ビクターは何か話している。

だが、既にシャノンの耳には入っていない。

せっかくさっきまでウキウキで地下牢から出てきたというのに、まさか、空振りだというのか。

フラフラと気持ちの糸が切れかかる。

だが、まだ決まった訳ではない。

「あ、あの、ビクターさん」

「何かな」

「不老不死の殺し方って、知ってる？」

すると、間髪入れずに答えが返ってくる。

「答えは否だ。不老不死に殺し方があってどうする。それがないのが不老不死だろうが。バカなのか？　歳を取りすぎると、脳が腐っていくとでもいうのか。リスクとして考えておくべき事象だな」

「………」

シャノンは絶句した。

完全に外れだ。

ビクターはオルランドの魂を宿していない。

　項垂れショックを受けるシャノンをよそに、ビクターは語り続ける。

「それにしても、不老不死の成功例か。よし、まずは試してみよう。サラの戯言かもしれんからな」

　そう言って、兵士たちはビクターの合図ですぐさまシャノンを掴むと、寝台の上に寝かせ、縛り付ける。

　サラは抵抗もできず、ただその様子を見守っている。

　既にシャノンのやる気は底値を更新していた。もはやここにいる意味すらない。

　だが、サラのお母さんの件もある。とりあえず少しは付き合ってやる。

「おい、試しに脇腹を刺してみろ」

　言われて、兵士は言葉も発さず頷くと、腰の剣を抜く。

　それを何の躊躇もなく構えると、一息に剣をシャノンの脇に突き刺す。

「シャノン！」

「ッ！　いったいなあ、もう……慣れただけで、一応痛みはあるんだけど」

　血が噴き出し、体の半分まで剣が突き刺さっている。

　にもかかわらず、シャノンはまるで針でも刺された程度だと言いたげに、普通に言葉を発する。

「ほう、これは……おい、抜け」

「はっ」

言われて、兵士はすぐさま剣を抜く。

すると、傷口から一気に鮮血が噴き出る。

「シャノン！」

さすがに心配になったのかサラが名前を叫ぶ。

しかし、それはすぐに杞憂だったとわかる。

剣を抜いた個所に開いていた穴がすぐさまふさがっていき、あっという間に修復されたのだ。

それを見て、ビクターは歓喜に震える。

「本物だ……こいつは本物だ!!　不老不死！　実在していたか！」

椅子から立ち上がり、興奮気味に目を見開く。

「いいぞ、いいぞ！　あれだけ資材を投入し、魔法使いを投入し、あらゆる悪事に手を染めたにもかかわらず未だ叶わぬそれが、今目の前に！　お前を使えば、私の研究は確実に前へ進む。切って、焼いて、砕いて、溶かして。体の隅の隅まで、細胞の一つも残さず解析してやる。どうせ死なないんだろう!?　良い研究材料だ！」

ビクターのまるで悪者みたいな笑い声が部屋中に響き渡る。

「よくやったサラ！　お前のおかげで私は不老不死へと至る！」

「あ、ありがとうございます！　そ、それじゃあ……！」

サラは目をキラキラと輝かせ、ビクターを見上げる。

シャノンを差し出した罪悪感と、母を救えるという喜び。

その入り交じった、何とも言えない表情。

「お母さんの治療を……何とか」

「そうだな。そういう約束だった」

ビクターはニッコリと笑う。

「は、はい！　ああ、ありがとうござ――」

しかし、ビクターはふむと口の辺りをなぞる。

「だが、あれは奇病。治療法もない」

「は、いや……だから、ビクター様なら何とかできるからって……」

「治らないんだよ、あんなもの」

「えっ――」

サラの顔が、一気に青ざめる。

「そ、そんな、でも、治るって……言うから、だから……私……あんな」

「嘘に決まってるだろう、サラ。魔法ができても常識はないか？　自分の頭で物事を考えられないからこうなるんだ」

「お母さんは⁉　薬は⁉」

「ない、そんなもの。勝手に死ね」

「‼」

もう興味がないという風に、ビクターは淡々とした声でそう吐き捨てる。

サラは唖然とし、後ずさる。

目を見開き、自然と涙が零れる。

そしてそのまま、力なくその場にへたり込む。

「そんな……何のために私は……‼　友達まで犠牲にして……こんなこと……‼」

サラは頭を掻きむしり、絶望の底へ落ちていく。

今まで抑え込んできた罪悪感が、一気に押し寄せてきていた。

サラの精神状態は、完全に崩壊していた。

「サラ……」

「お前はこれまでよく貢献してくれたよ。嘘一つでその何倍も働いてくれた」

ビクターはパチパチと手を叩く。

「だが、何ていうかなあ、もう用済みなんだお前は」

「えっ……？」

「私と君は多くの悪事に手を染めてきた。その証人が生きていたら元も子もないだろ？

どこからリークされるかわかったものじゃない。だったら、生かしてはおけないだろ」

「そ、そんな……」

既に、サラには抵抗する気力は残っていなかった。

心の支えがなくなってしまったのだ、無理はない。

だが。

「許されないでしょ、そんなことさあ」

「ん？」

寝台に横になりながら、シャノンは言葉を投げる。

「なんだ、実験体か。口も縛っておけば良かったか。おい、さるぐつわでも何でもつけておけ」

「友達を泣かせる奴なんてさ、許せる訳ないよね」

「シャノン……」

「不老不死もまともに成功できない師匠の紛い物のくせに、一丁前にカリスマ気取りっすか」

シャノンの言葉に、ビクターはピクリと眉を動かす。

「なんだと魔女……死ねない身体に苦痛を絶え間なく与え続けてやってもいいんだぞ？その口を閉じろ」

「そりゃ願ったり叶ったりだけど。でも、遠慮しとく。計画変更だからさ」

「何?」

「私、あなたの言う実験もちょっと楽しみだったけど、やっぱやめた」

言いながら、シャノンは拘束をあっさりと解いてみせる。

「なっ! おい、ちゃんと縛ったのか!?」

「そ、それはもちろん……」

手首の拘束具を外すと地面に落とす。もう自由だ。

シャノンは地面にへたり込むサラに手を差し出す。

「こんな屋敷、さっさと出ようよ」

「シャノン……でも、私……」

「ほら」

「……」

サラは、シャノンの手をゆっくりと取ると、ぐっと引っ張られ立ち上がる。

そして、憔悴(しょうすい)しきっているサラの涙をそっとぬぐう。

「逃がさないぞ、不老不死。お前には私を不老不死へと進化させるための贄(にえ)となってもらわなければならない」

「不老不死は進化じゃないよ」

「下らん戯言だ！　永遠の命、無敵の身体！　これ以上何を求める！　これを進化と呼ばずして何と呼ぶ！」

「まあ、価値観は人それぞれだからさ。でも、あなたはオルランドに選ばれなかった。ただの悪人だよ」

「下らん！　そんなどこの誰とも知らない人間などどうでもいい！　私こそが全てだ！　兵士、あいつらを捕らえろ！　杖は取り上げてある、何もできん！」

「はっ！」

二人の兵士が、剣を抜くと一斉に走り出す。

「魔法使いは杖がないと魔法使えないと思ってるの？　それいつの時代の魔法使い？」

「はったりだ！　サラは殺して構わん！」

瞬間、シャノンは腕を胸の谷間に伸ばす。

すると、谷間からシャノンは一本の杖を取り出す。

「なっ⁉」

シャノンはニヤリと笑い、べっと舌を出す。

「〝森羅の杖〟」

「なにぃ⁉　身体チェックは誰が……サラかっ‼　このガキ……‼」

激昂するビクターを無視して、シャノンはサラに問いかける。

「サラ！　もうこの屋敷いらないよね？」

サラはその問いを受け、チラッとビクターを見る。そして、ぎゅっと拳を握ると、ブンブンと振りながら叫ぶ。

「う……うん！　ぶっ壊して……！　全部!!」

「何をバカなことを！　兵士、さっさと殺せ！　世界の損失だ!!　この私が、私が不老不死として君臨し、世界を前進させるのだ!!」

「何か言ってら！　関係ないね、この屋敷ごとぶっ壊すよ！」

シャノンは杖を天高く掲げる。

すると、その杖の先端に向けて、周りから渦のように光が集まってくる。

その光はどんどん膨張していき、杖の先端に直径二メートルほどの光球を作り出す。

「そ、れは……なんだそのエネルギーは!?」

それを見て、サラがぽつりと呟く。

「光の凝縮と解放……　〝サンクチュアリ〟……。本当に使える魔法使いがいたんだ……」

まばゆい光に照らされ、影が色濃く焼き付いていく。

無風のはずの部屋の中に風が吹き荒れ、パタパタと服がはためく。

もはや、動き出した光は止まらない。

「終わりだよ」

「くそぉおおおお!! 私が、不老不死になるのだ、私が!!」

「だったら、正攻法で研究しな。誰も悲しませずさ」

そう言って、シャノンは杖を振り降ろす。

瞬間――静寂。

そして、光の拡散。

全ての影を塗りつぶすように、光は全てを覆い尽くす。

まばゆい光が全てを包む。温かい空気が辺りを呑み込んでいく。

そして、ビクターの屋敷は静かに内側から崩壊した。

屋敷全体が光の奔流に呑み込まれた。

◇◇◇

瓦礫の山から、シャノンは浮遊魔法でビクターとその配下の兵士を引っ張り出してくる。

どさっと雑に並べると、念のため怪我の具合をチェックする。

衝撃の直前、シャノンは全員を守るよう魔法を展開した。それにそもそも、あの光の魔法は人体に影響を与えるものではない。

とはいえ、その後勝手に転んだりして怪我をしている可能性もある。

いろいろと見てみたが、傷はなく、気絶しているだけのようだ。

　何となく全裸にして、彼らを地面に横たわらせる。その光景を見て、シャノンは一人くっくっくと笑う。

　一方で、同じく気を失っていたサラは意識を取り戻しており、瓦礫の山の上に座り、呆然と遠くの街を眺めていた。

　屋敷は街はずれの森の中に立っていたが、さっきの光の爆発を目撃した街の人たちが通報し、もうじき兵士や騎士がやってくるだろう。

「サラ、大丈夫？」

　シャノンはサラの横の瓦礫に座りながら声をかける。

「うん、なんとも。ありがとね。シャノンは？」

「私は大丈夫だよ、だって不老不死だし」

「そうだった」

　二人はくすくすと笑う。

　しかし、サラの表情は暗い。

「結局無駄になっちゃったな、私の行いは」

　そんなことない、と声をかけてあげたいところだが、結局ビクターにいいように使われてしまった事実はぬぐえない。きっと、その事実を受け止めることが立ち直る最速の方法だろう。

「お母さん、死んじゃうのかな……」

「奇病だっけ。確か、身体がどんどん弱っていくとか何とか」

「そう……あんなに元気だったのに……庭の花に水をあげたり、大好きな料理ももうできなくて……」

サラはまた泣きそうになるのを、ぐっとこらえる。

叶うと思っていた願いが、呆気なく打ち砕かれた。心を折るには十分すぎる。

しかし、シャノンには心当たりがあった。その症状は、かつての少女と薬師を思い出させる。

自分が持っていてもこの先、使いようはない。なら、今目の前にいる必要とする人に渡すべきだ。

「ねえ、サラ。これ受け取ってくれる？」

「何？」

シャノンは杖を振り、魔法空間を開く。

「わ、何それ⁉　凄い……はは、古代の魔法って凄いね、やっぱり」

その中に腕を伸ばすと、舌をペロッとしながら魔法空間の中をまさぐる。

「えーっと……確かこの辺りに……あ、あったあった！　これこれ」

そう言って、取り出したのは小さな瓶に入った、半透明の液体だ。

それをサラに渡す。

「これは？」

サラは中を太陽に透かすように持ち上げる。

「これ、エルドアにいる薬師のグリムって人が作った、〝サルエナ〟の特効薬なんだ」

「サルエナ……って、え⁉　あ、あの、お母さんの病気の⁉」

シャノンは頷く。

「やっぱりサルエナだったんだ。何となくそうじゃないかとは思ってたけど。効果は保証するよ、なんてったって、私の身体で実験したんだから」

「身体で実験って……はは、シャノンだからできることって感じだね」

サラの顔からさっきまでの張りつめた表情は消え、柔らかな、出会った頃の雰囲気が戻ってくる。

「不老不死だからね。サラが私を連れてきたことは間違ってなかったんだよ。確かにビクターの思惑通りにはいかなかったけど、こうやって私が紡いできた旅が、サラの役に立てた。だから、ありがとね」

「そんな、お礼は私の方が言わないと」

そう言って、サラは深々と頭を下げる。

その目には、さっきまでとは違う喜びの涙が流れていた。

「本当に、ありがとう……」

サラはぎゅっとシャノンの手を握る。

少しして、シャノンは瓦礫の中から自身の鞄（かばん）やローブなんかを見つけてくると、仕度を整える。

「シャノンはもう行っちゃうの？」

「そうだね、ビクターも外れだったし、また次の死に方を求めて旅に出るかなあ」

「そっか。それじゃあ、もう会えないのかな」

「どうかな。けど、次会う時はきっとサラも新米じゃないから、どれだけ成長したか話を聞くのが楽しみだな」

シャノンはニコリと笑みを浮かべる。

サラもそれに呼応するように笑う。

「何か私もお礼がしたいけど……今手持ちが何もなくて」

「いいって、私のあげたのなんてただ使い道なかったものだし」

「でも……」

「まあまあ、じゃあお礼って言うなら、不老不死が死ねるような方法考えておいてよ」

「そんな、恩人を殺す方法を考えろなんて酷（ひど）すぎない？　心理的拷問？」

サラは目をグルグルさせ身体を揺らす。

「いいじゃん！　それが私にとって恩返しになるんだからさ。ね、だからいつか、殺しに来てね」

あまりにもぶっ飛んだ話の内容に、サラは思わず笑う。

「ふふ……わかったよ。じゃあ、ちゃんと研究しておくね。シャノンを殺せる方法をさ」

「やった！　よろしくね」

すると、丁度そのタイミングで森の奥の方から馬の蹄（ひづめ）の音が聞こえてくる。

それも、一頭ではない。

「あっと、もう来たんだ早いなあ。じゃあ、私行くね。事情説明するのも難しいし、ここは任せてもいい？」

「もちろん。それじゃあね、シャノン。またきっと会おうね」

「うん！　短かったけど楽しかったよ！」

そうして、シャノンは荷物を持つと、森の奥の方へと駆けていく。

その後ろ姿を、新米魔法使いは見えなくなるまで見送った。

エピローグ

長閑な青い空。

白い雲がその青の中を泳ぎ、視界の下の方へと流れていく。

馬車の荷台で仰向けになり、空を眺めながらシャノンはのんびりと東を目指していた。

「いい天気ですねえ」

「ですなあ」

御者との呑気な会話が繰り広げられる。

まさか、荷台に乗っているこの少女が、死ぬ方法を探しているとは微塵も思っていないだろう。

シャノンは風を感じながら、馬車の揺れに身を預ける。

ドラゴンに飲み込まれても、毒性の強い薬を飲んでも、罠に串刺しにされても、この身体は死ぬことはなかった。

最後の頼みの綱である不老不死を知る男、オルランドがそう簡単に現れることもない。

だが、皮肉なことに、死を求めるための時間は、不老不死によっていくらでもある。

シャノンにとって死は、不老不死という先の見えない永劫の牢獄の中にある唯一の光なのだ。

だから、シャノンは今日も死の匂いを求め、自らトラブルに首を突っ込んでいく。

そこに転がっているハプニングと出会い、そして死を求めて。

そう、シャノンは死にたがりなのだ。

シャノンのローブが風にはためき、サラサラとした金髪が揺れる。

思い切り長閑な空気を吸い込み、そしてはぁ～っと満足げに息を吐く。

こんな気持ちの良い日は、死ぬにはぴったりだ。

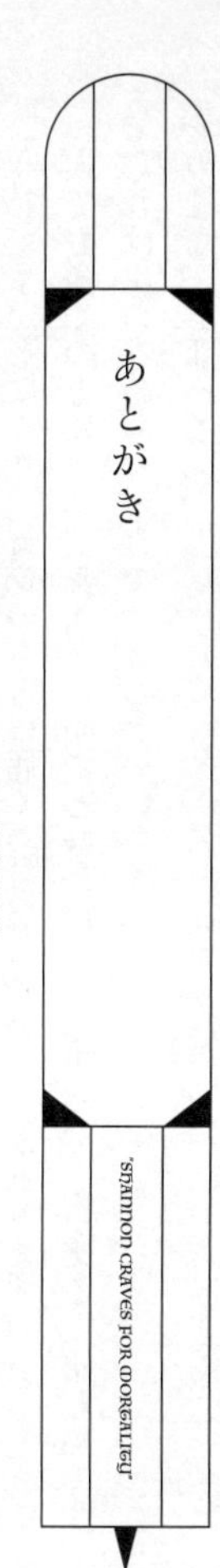

あとがき

この本を手に取って頂いた皆様、どうも、五月蒼（さつきあお）です。

いきなりですが、不老不死って憧れますよね。僕は憧れます。できれば不老不死になりたいです。サイボーグでもいいですが。

昔からぼんやりと、いつか不老不死の人間の旅物語を書いてみたいなあ。と思っていました。

と言いつつ書くことはなく、何となく記憶の引き出しの奥底に眠らせていた訳ですが、この度それを取り出す機会を得まして、こうして本にすることができました。全ての人に感謝！

この物語の主人公は、魔法使いの少女シャノン。

彼女はとある事件で不老不死となって以来、旅を続けています。

切っても焼いても砕いても死ぬことはなく、そして永遠に少女の姿。正真正銘の不老不死。

そんな不老不死という一見完璧な存在に見える彼女が、様々な事件や事象に介入し、ここが死に場所だ！　と狙いを定めると、目を輝かせて突き進んでいきます。

正に〝死にたがり〟です。

死にたがりのシャノンと、そうとは知らずにシャノンを頼ったり、助けたり、騙したりする普通の人々。そんな旅に、イベントやハプニングがない訳がありません。

不老不死であるシャノンはどう行動するのか、そしてどういう死を迎えようとするのか。

そんなシャノンの旅を、どうか楽しく見守って頂けると幸いです。


この作品を執筆するにあたり、多くの方にご助力頂きました。

スニーカー文庫の編集部の皆様に、校正様、デザイナー様。素敵なイラストでこの世界を彩ってくれたイラストレーターのファルまろ先生。そして、いろいろとフォローして頂いた担当編集様。本当にありがとうございます。

そして特に、この本を手に取って頂いた皆様に、特大の感謝を。

こうして本が形になり、皆様のもとに届くのは感慨深いものがあります。

一人でも多くの方に、あ、シャノンのこと好きだな、と思ってもらえると嬉しいです。

できれば次の巻のあとがきで会えるといいですね。

それまで、さようなら。

死にたがりのシャノン

ドラゴンに食べられてみた

著　五月 蒼

角川スニーカー文庫　23527

2023年２月１日　初版発行

発行者　山下直久

発　行　株式会社KADOKAWA
〒102-8177 東京都千代田区富士見2-13-3
電話　0570-002-301（ナビダイヤル）

印刷所　株式会社暁印刷

製本所　本間製本株式会社

Printed in Japan　ISBN 978-4-04-113387-3　C0193

★ご意見、ご感想をお送りください★
〒102-8177 東京都千代田区富士見 2-13-3
株式会社KADOKAWA　角川スニーカー文庫編集部気付
「五月 蒼」先生「ファルまろ」先生

角川文庫発刊に際して

角川源義

第二次世界大戦の敗北は、軍事力の敗北であった以上に、私たちの若い文化力の敗退であった。私たちの文化が戦争に対して如何に無力であり、単なるあだ花に過ぎなかったかを、私たちは身を以て体験し痛感した。西洋近代文化の摂取にとって、明治以後八十年の歳月は決して短かすぎたとは言えない。にもかかわらず、近代文化の伝統を確立し、自由な批判と柔軟な良識に富む文化層として自らを形成することに私たちは失敗して来た。そしてこれは、各層への文化の普及滲透を任務とする出版人の責任でもあった。

一九四五年以来、私たちは再び振出しに戻り、第一歩から踏み出すことを余儀なくされた。これは大きな不幸ではあるが、反面、これまでの混沌・未熟・歪曲の中にあった我が国の文化に秩序と確たる基礎を齎らすためには絶好の機会でもある。角川書店は、このような祖国の文化的危機にあたり、微力をも顧みず再建の礎石たるべき抱負と決意とをもって出発したが、ここに創立以来の念願を果すべく角川文庫を発刊する。これまで刊行されたあらゆる全集叢書文庫類の長所と短所とを検討し、古今東西の不朽の典籍を、良心的編集のもとに、廉価に、そして書架にふさわしい美本として、多くのひとびとに提供しようとする。しかし私たちは徒らに百科全書的な知識のジレッタントを作ることを目的とせず、あくまで祖国の文化に秩序と再建への道を示し、この文庫を角川書店の栄ある事業として、今後永久に継続発展せしめ、学芸と教養との殿堂として大成せんことを期したい。多くの読書子の愛情ある忠言と支持とによって、この希望と抱負とを完遂せしめられんことを願う。

一九四九年五月三日